A2Z

AMY YAMADA

KODANSHA

cover illustration　田辺ヒロシ
book design　田島　照久

たった二十六文字で、関係のすべてを描ける言語がある。それを思うと気が楽になる。人と関わりながら、時折、私は呆然とする。この瞬間、私が感じていること、私が置かれている空間、私を包むもの、それらを交錯させたたったひとつの点を何と呼ぶべきであるのか。過去のある瞬間に似ている。でも、明らかに違う。たぶん近い将来にも同じことを思うだろう。この感覚を知っているような気がする。けれども、その時とは自分を取り巻くものが違う。違うパーツで空気は形作られている。そして、何よりも、自分自身がもう同じではないのだ、と。慌てて、私は、手遅れにならない内に相応《ふさわ》しい言葉を捜し出そうとする。何のために？　確認するために。確認して安心を得るために。私が、今、感じているこの思い。それは、たった二十六文字で表記出来る程度のものなのだと、ただ溜息をついてしまいたい。

「ね、母国語って英語で、マザー・タンって言うって、ほんと？」

ベッドの中の成生《なるお》が、読みかけの雑誌から顔を上げて尋ねた。

「そうだよ、でも、どうして？」

「いや、ここに、バイリンガルの人間の母国語が何とかって書いてあるからさ。夏美《なつみ》って英語喋《しゃべ》れるんでしょ？」

「一応、英文科だったけど、すごーく下手」

「でも、おれの知らないこと、いっぱい知ってる。いいな、いいな。羨《うらやま》しいな」

「それは……」言いかけて止《や》めた。十年余分に生きてるから、などというのは、ただの事実で理由にならない。成生と出会ってから、事実ってつまらないなって、よく思う。二人の間でしか見えていないことは、世の中で呼ばれている事実という言葉と違う気がする。それじゃあ真実？　それとも違う。真実は、こんなに、あやふやで、嘘《うそ》つきで、ころころ変わるものじゃない。

「まさか、夏美、もう帰るの？」

「夕方から打ち合わせ」

「土曜日だよ。編集者って変な時間に仕事してるのな」

成生は、シャツを羽織ってバスルームに行こうとした私を、再びベッドに押し倒した。

「すみません、困るんですけど」

「えー？　だってこんなに晴れてるんだよ」

「それって、どういう理由づけなんでしょう」

「天気の良い日に、わざわざ部屋にこもってセックスするなんて贅沢《ぜいたく》じゃん」

私は吹き出した。笑っている内に、それもそうかも、と思えて来た。諦《あきら》めて力を抜いた私に、彼は口づけた。

「おかあさんの舌」

彼の言葉に、私は目で問いかけた。

「それって母国語だろ？　じゃ、恋人の舌は？」

さあ。何でしょう。私は、彼の言葉で、始終考える。考えても仕方のないことを、いつも考えている。

成生の部屋を出て、私は駅まで急いだ。タクシーを拾っても道路が混んでいたら、約束の時間には辿《たど》り着けない。下北沢の駅から井の頭線に乗り、渋谷で銀座線に乗り換える。何とか間に合いそう。私は、時間にうるさいデザイナーの顔を思い浮かべながら、駅の階段を駆け上がる。五分でも遅れる時には、連絡をくれるように、と彼はいつも言う。でも、最近、電話ボックスの数が減ってしまったみたい。私は、携帯電話を持っていない。

今時、携帯持たないで、良く編集者やってられるな、と同業者の夫は言うけれど、ええい、うるさい、元々、文学なんて不便なものなのだ。それに携わっている人間が前世紀の遺物で何が悪い。扱っているのは、紙だよ、パピルスだよ。でも、成生にも言われちゃった。携帯持たない女とつき合うのって不便だな。若造は解《わか》ってねえなって、私は思う。不便は恋の媚薬《びやく》だよ。ただ、夜にひとりきりで過ごす時、彼が自分の携帯電話を使って声を聞かせてくれたりすると、やはり嬉しい。夏美、窓開けて外を見てごらん、ゆで玉子の黄身みたいな月だよ、などと言う。そういう時、月は、本当に玉子の黄身になる。クロワッサンみたいな月だよ、と言う時もある。いずれにせよ、彼は、その後で言う。あれ、一緒に食おう。いいよ。私は答える。せえの、ぱく。バターが口じゅうに広がる気がする。月って食べ物だっけ？　違うよ、星の種類だよ。私たちは、その瞬間だけ、食べられるひとつの星を持っている。

成生とは、会社の向い側にある小さな郵便局で出会った。正確に言えば、出会いなどというロマンティックなものではなかったけれど。彼が、窓口業務についていて、私がそこに速達を出しに行っただけの話だ。いつもなら、アルバイトの女の子に頼んでしまう類《たぐい》の郵便物を、何故かその日は、私が出しに行った。そして、彼がいた。それを出会いと呼んじゃいけない？　だって、目が合ったことだし。そして、お互いの瞳は、勘違いを許したことだし。

　私は、大通りを渡ったところに、気に入りの男の子が働いていると考えるのが好きになった。切手やら葉書やらを買いに行きさえすれば会えるのだ。簡単なのが素晴しいじゃないか。新幹線や飛行機に乗らなくたって良いのだ。会える日を心待ちにしなくても、すぐ会える。そんなことを自分に言い聞かせながら、ふと思った。恋に似ている。まさか。けれど、その時には、もう横断歩道の距離は、大阪よりも遠いのではないかと思われたし、郵便局の窓口は、ひとりで立ち飲みするバー・カウンターよりも、私を緊張させていた。

　三十五歳。出版社勤務。既婚。数限りない恋愛小説を読み、少なからぬ恋愛を経験し、時には恋愛をテーマにした本を作って来た。さあ、何でも、私に聞いてごらんなさい。なんて胸を張っても良さそうなところだが、大きな顔をするのはもう止めよう。私は、何も学習して来なかった。あるいは、学んだことを、すべて忘れてしまったようである。人生のすべては幼稚園の砂場で学んだ、なんて、どこかの作家が言っていた。しかし、それは大嘘だ。はったりだ。囲いの中の砂なんか掘っていたって何も見つかる訳はない。だから、私は、今日も切手を買いに行こうと思う。新しいものを見つけ出したい訳じゃない。忘れていた感覚を呼び覚ましたい訳でもない。良くあること。ボーイ・ミーツ・ガール。でも、私は、もうガールじゃない。幼稚園の砂場にはなかったものを良く知っている。そして、だからこそ、幼稚園の砂場をあらたに運んで来る術《すべ》も知っている。

a

夫の一浩《かずひろ》が、その女との関係を、ついに白状した時、私は、呆気《あっけ》に取られた。愛人の存在を知らされて衝撃を受けた妻、というのに、私はなっていなかったと思う。テレビ番組の衝撃映像特集を見たような気分というのか。と、いうより、むしろ、目の前で交通事故**accident**を目撃してしまったような驚きに近かったかもしれない。うわ、何も目の前で起きることないじゃないか。そう心の内で叫んだような気もするが、目の前にいるのは、夫だ。つぶれた車じゃない。つぶれるどころか毅然《きぜん》としている。だから、私は、当事者にもなれずに目撃している。彼に開き直った様子はどこにもない。白状した、と思ったのは私だけで、彼は、ただ、問い詰められたから答えたにすぎないのかもしれない。それなら、私も冷静になるしかないだろう。

「いつからなの?」

「一年ぐらい前から」

「名前は？」

「知ってどうするのか解らないけど、本宮冬子《もとみやふゆこ》さん」

「私の名前は、森下《もりした》夏美です」

「知ってる」

「妻が夏で、愛人が冬なんだ、へーえ」

「偶然だろ」

当り前だ。しかし、何故か、私は、ここで冷静さを失った。尋問してやる。追及してやる。言及してやる。糾弾してやる。

「どこで知り合ったの？」

「コンビニ」

「は？」

「正確に言うと、彼女は、うちの社の側にあるカフェでバイトをしていて、うちの社の側にあるコンビニに店のための買い物に来ていた。で、口をきくようになって、ぼくが、そのカフェに通い出した。ちなみに彼女は学生さん」

彼は、その後に、鼻持ちならない女子大の名を上げた。学生か。すごく若い女なんじゃないか。泣けて来た。断わっておくが、若さに負けたと思った訳じゃない。目の前の男が、女の若さに価値を置くような奴ではないと、ようく知っているから、いたたまれなくなるのだ。

私はかがみ込んだ。すると、一浩も同じようにして、労《いたわ》るように、私の顔を覗いた。同情されているのが解った。こいつ、何だって、私に対してそんなにも正直なんだ。私は、普通の精神状態であったなら、死んでも肯定しないことを思いついて、うろたえた。浮気は、ばれないようにするのがルールでしょ？　なんて。弱っている、と思った。しかも、突然弱っちゃった。さっきまで心身共に健康であったのに情けない女に成り下がっている。かつて、私は、浮気なんていう言葉を忌み嫌っていたのに。彼のしていることに浮気という言葉を当てはめたがっている。あ、今、唐突に解った。男の浮気ってのは、男のためだけの言い訳用語ではない。実は、された女にも必要だったんじゃないか。ことを軽く見せるための方便だったのだ。

「大丈夫か」

「あんたに心配される筋合いはない」

「まさか泣くとは」

「当り前じゃないか！　夫に女作られたら普通泣くよ」

「そうかあ、泣く妻だったか」

「何それ。恋人は泣いても、妻は泣かないとでも？　まさか、これだけ長いこと暮らしてて、私が耐える女だと思ってたんじゃないでしょうね」

一浩が吹き出した。何なんだ、ちょっと不真面目じゃないのか。

「それはないよ。ナツは、がんばり屋だけど耐えない女の子だもん」

女の子。ああ、再び泣けて来る。彼のお相手は、私なんかより、はるかに女の子だろうに。

「いいなあ。やっぱり、おれ、ナツのこと好きだよ」

「冬は？」

「冬ちゃんも好きだよ」

「ふざけんなよ。どっちかに決めな」

「嫌だ」

私は、側に積んであった本を投げつけた。彼は、素早く体を傾けて、それを避けた。そう言えば、昔、彼の敏捷《びんしょう》な身のこなし方が、たまらなく好きだった。長いこと忘れていたけれど。ゆったりとしていながら無駄のない体の動き。仕事の忙しさがそれを隠してしまったのか、それとも、私の目がそれに慣れてしまったのか。こういう争いでもなければ気付けないのが悲しい。

実は、彼に、関係を持った女がいるなあ、と感じたのは初めてではない。知り合って十年近く、その内、恋人同士だったのは二年間程。けれど、二人共、結婚というラインで区切りをつけるような生活をして来なかった。別々の出版社に勤め、たまに同じ作家を担当することもある。仕事中、外で偶然出会う時、こいつには負けたくないな、と思ったりする。彼も同じように感じているのが解る。澤野《さわの》、と私を旧姓で呼び捨てにする。だから、私も、森下と呼ぶ。そんな私たちを、女友達が笑う。馬鹿じゃない？　何、意地張ってんのよ。放っておいてくれ、と私は横を向くが、親しい女友達にも言えない程の恥しくて暖かいものが、二人きりの時間にはある。まるで悪がき同士がふざけ合うように時を過ごしていると、ひとりひとり独立して存在していた筈《はず》の自分たちが徐々に溶け出して混じり合って行くのが解る。その時、私は、感じるのだ。ああ、やはり、私たちって、一対だったんだって。

子供のいない私たちは、いつもやんちゃな仲間同士であるのを自分たちに許して来た。だから、彼が、他の女に心を奪われていたりすると勘が働いた。何故なら、私にもそういうことがあったから。そして、私と同じように彼も反応していたから。

私は、自分が気付いたのを彼に伝えたことがない。彼もそうだったかもしれない。小さなラブアフェアで失うには、あまりにも惜しい人。共犯同士だったかもしれない。時には、酒以外の何かで酔いたい時もあるという認識においての。

それでは、何故、今回は共犯者になれないのか。老いは、人の気を弱らせましてねえ、なあんて、冗談じゃない。子供の頃に考えていた三十五歳は、そりゃあ年寄だったかもしれないが、三十五歳になって思う三十五歳は、まだまだ子供だ。それも良い子供ではなく困った子供だ。大人の様式美は身に付いているくせに我の強さだけは天下一品のまま。自分をコントロール出来ずに取り乱す。

「いつから気付いてた?」

黙り込んだ私の肩に、一浩は手を置いた。

「しばらく前からだよ。どうやらまずいんじゃないかって思ってた。カズ、いつもと違ってたもの」

「どういうふうに?」

「魂抜かれてた」

彼は溜息をついた。

「抜かれてたか」

「うん、抜かれてた。私、それまで、カズの魂と仲良かったのに、私のこと置いてどっか行っちゃった」

「最初は、こうなると思わなかったんだ。あの子との間が落ち着いて来た頃から夢中になった。信じられないことだけど、彼女を失うと思うと心が痛むよ」

「私は？　私を失っても心は痛まないの？」

「ごめん。きみを失う可能性を失念していました。考えたこともなかった。あ、もう物投げないでくれよ。今、考えた。たぶん、もっと痛むよ。どうして良いのか解らないよ。でもさ、本当は、ナツに言いたくてたまらなかったんだと思う。気付いて欲しかったんだと思う。だから、あっちに、わざと魂置き忘れて来たんだよ。こんなこと相談したくなっちゃうおれって大馬鹿野郎だよな」

再び怒りが湧《わ》いて来た。当り前だ。何故、私が、夫の恋愛相談に乗ってやらなくてはならないのか。それは、私が、彼にとって他の女とは別格だからだ。それも、一番、惨めな形で別格なのだ。人によっては、それを信頼と呼ぶのかもしれないが、他の女に魂抜かれてる男に信頼される覚えはない。

「カズ、前にも他の女と寝たことあるでしょう？　言っちゃおうよ、もう、隠しごとしてる意味ない」

「あるよ、何回か。ナツもあるだろ？」

「ないこともないよ」

「やっぱりなあ。ひでえ女」

「あんたに言われたくないよ。私は、他の男に夢中になって魂抜かれたりしなかったからね。そういうことになっちゃった時は、いつだって、うわーっ、一浩、ごめんよー!! って、心の中で叫んでたんだから。私は、あんたとの生活をすごく愛してたもん。そりゃ、自分を正当化してた訳じゃないよ。だけど、忙しくて、なかなか会えない時とか、人恋しくなっちゃう時だってあるじゃない。大人だったら、それがセックス絡みになっちゃうことだってあるじゃない」

自分で言っていて思った。大人だったらしないんじゃないのか、そういうことは。

「ナツ、今、恋人は?」

「いない。私は、カズに会ってから恋人なんて作ったこと、ない」

一浩は、私を抱き寄せた。私は、脱力してされるままに、彼の肩に頭を載せた。こういう時なんだよな。この男をかけがえのない人と思うのは。

「自分勝手なのは解ってるけど、おれ、ナツとは別れたくない。でも、彼女とも別れられない」

「その人のこと、大切？」

「うん」

出会ってから、初めて聞いた相槌《あいづち》のような気がした。それは、とても静かな調子だったけれども、私の心を、事故でつぶれた車のようにへこませた。遅かれ早かれ、こういう事態は、二人の間で起きたのかもしれない。お互いに対する役にも立たない思いやりが、それを先延ばしにしていたとも考えられる。たとえば、私が彼よりも先に、どこかの誰かに恋をしていたら？　たぶん、同じように、彼になじられ、大喧嘩の後、彼を抱き寄せて慰めていたと思う。でも、結局、彼が先にそうした。だからと言って、夫婦の間には、ふったふられたがないから困ってしまう。長い長いやるせなさに身投げしてしまったみたい。

「私も恋人を作ったら気が楽？」

「どうかな。でも、やけになっちゃ駄目だよ。自分を大切にしなくちゃ」

「やけになってつき合う人を恋人とは呼ばないよ。つまり、私が恋をするには、やけくその気持から抜け出さないと駄目って訳。それには長い時間が必要だ。と、いうことは、うわーん、私、ずうっとひとりぼっちじゃん。寂しいよお、そんなの嫌だよ」

「大丈夫だよ、おれが付いてる。そういう時のためのだんなじゃん」

どうして話はそこに行き着くのか。この男は、優しいのか、いい加減なのか、本当に私を愛しているのか。いずれにせよ、とりあえず責任を回避するのを成功させてしまっている。

「あー、本の下で眼鏡割れてる。さっき、ナツが投げた時、床に落として踏んだんだ。うわ、ということは、おれは、セリーヌを足蹴《あしげ》にしてしまったんだな」

一浩は、黒い布張りの全集の一冊を手に取った。彼の愛読書だ。私には、やかまし過ぎて、どこが良いのか解らない。

「いいじゃん、別に。『なしくずしの死』なんて題名。何回踏んづけて死なせたって一緒じゃん」

「なんで、そういう言い方するかなあ」

「今の私たちは本どころじゃないでしょう」

本当にそうかな。明日、仕事に行ったら、本にかまけて、私たちどころではなくなってしまうかもしれないのに。

一浩は、まばたきをくり返しながら私を見詰めている。けれど、ひどい近視の彼には、私の顔なんか、ぼやけて見えているのに決まってる。足許《あしもと》には壊れてしまったオリバーピープルズの眼鏡。買ったばかりだったのに。でも、彼が私の中に見たいものなど、まだ本当にあるのだろうか。

b

「その若い子に惹《ひ》かれてるのって、森下に女がいるなら自分も誰かと楽しくやらなきゃ損、とか、そんなふうに思うところから来てるんじゃないでしょうね」

会社の先輩の時田《ときた》さんに言われた。彼女は、女手ひとつで、ひとり息子を育てて来た。役に立つ年寄（彼女の父親らしい）が家にいて子育てしてくれたからね、とは彼女の言葉だが、隙《すき》のない仕事ぶりとその合間に見せるやんちゃでおもしろがりの様子のギャップはすごいと思う。子供の父親だった男性とは、どのような事情かは知らないが、結局、籍は入れなかったという。息子の秀美《ひでみ》くんは大学生。会社に時々遊びに来るので紹介されたが、二人でいるのを見ると、母親と息子というより、まるで年の離れた恋人同士に見えた。編集部の女の子たちは、敬意と気やすさを込めて、彼女を仁子《じんこ》先輩と呼んでいる。

「もちろん、あいつに対する腹いせとかそんなのまったくないですよ。やられたらやり返すなんて子供みたいなこと」

「そうそう。仕返しに別な男使うなんて、体の無駄、心の無駄だよお」

「でもねえ、森下のことがまったく影響を与えてないかっていうと、そうとも言い切れないんですよねえ」

一浩の口から彼女とのことを聞かされて以来、私は、ぼんやりと日々を過ごしていた。仕事には集中するよう努めていたが、それ以外の時は、いつのまにか、ただ考えているのだった。考えても、決して答えの見つからないことについて。私たちは結婚しているけれども、結婚生活を送って来ただろうか。結婚生活って何だろう。相手が他の人に心を移したために傷付くのは、恋人同士でも同じことだ。違うのは、傷付けられたと感じながらも、一方で、そういうこともあるよな、と思ってしまうことだ。二人でいた長い月日は、あらゆる可能性をなだめながら飲み込んで来た。ひとつの家に帰り、そこで笑い合うことだけがルール。それを守るために、私たちは結婚した筈だ。しかし、その笑いの陰に、いくつかの感情が身を潜めてはいなかっただろうか。錯覚という名前を無理矢理与えられて。

「夏ちゃん、寂しさは恋を容易にするよ。そこにつけ込まれてないだろうね」

「少しだけつけ込まれてるかもしれません」

そうだ。口惜しいけど、私は、やはり寂しかった。その寂しい気持が、私に力を与えたような気がする。でも、それは、寂しかったから誰かを求めた、というのとは違う。寂しいなんて、いかにも、か細い感情だけれど、その瞬間は違ってた。ありったけの暖かさや笑いや情熱を吸い込むための空洞を作ってくれた。それに気付いた時、私は思った。おなかがすいたよ、すごおく、すいた。すると、ぼんやりした気持が体の外に出て行くのが解った。私は、思いきり息を吸ったbreathe。妻だって恋に落ちることもある。夫にもそういうことがあるように。

「郵便局員かあ。私たちと同じね」

「どこがですか?」

「紙を扱う人種ってことよ。私、世の中がどんなに進歩しても、ベッドサイドの本と状差しの中の手紙は失くならないと思っているの。機能的な方向に進めば進む程、いとおしくなる種類のものたちね。ところで、あなたたち、もう寝たの?」

「仁子先輩、その質問唐突じゃないですか?」

「あーら、そうかしら。メールで始まっても、手紙で始まっても、することは一緒でしょ?」

そう言うと、時田さんは、笑いながら自分のデスクに戻って行った。それを待っていたかのように同期の男性社員の山内《やまうち》が、私の側に寄って来た。

「ねえねえ、時田さんと何話してたの?」

「別に。なんで?」

「あの人、すげえ素敵じゃん。今、男いんのかなあ」

「いなかったとしても、あんたになんか何の興味もないいんじゃない?」

「冷てえ女。森下もなんだって、こんな女と一緒になったかなあ。あ、そう言えば、あいつ、今度の城山《しろやま》千賀《ち か》夫《お》先生の書き下しやるそうじゃない」

私は、思わず山内の顔を見た。そんな筈はない。城山千賀夫の書き下しは、私が担当することになっているのだ。

「それ確かなの?」

「聞いてないの? 夫婦で同じ作家を担当してるんだし、とっくに情報行ってるんだと思ってた。二人で話し合ったのかなって、うちの編集部でも話してたとこ」

山内の話が終わる前に、私は、一浩の会社に電話をかけていた。彼とは、ここ数日、顔を合わせていない。

「お、久し振りじゃん。機嫌直った?」

妻をあんなにも傷付けておいて、なんて呑気《のんき》な男だ、と思ったら腹が立って来た。

「城山さんの書き下しのことだけど」

「あ、もう耳に入った？　うちでいただくことになったから。悪いな」

「どういうことよ」

「うちみたいな新しくてパワーある出版社から本出してみたいってことだろ。ナツんとこは老舗《しにせ》だけど売れねえからな」

「許さない。あんたって、ほんと、こそこそするのが得意なようね」

「勘違いするな。最終的に決断するのは作家だからな。でも、決断させたのはぼくだけどね。だいたい口約束だろ。それで安心してんじゃねえよ。甘いなあ、澤野くん」

「うるさい。私、あんたには、絶対に負けない」

　私は受話器を叩きつけた。急いで城山千賀夫に手紙を書かなくては、と思った。こういう時、何故か手書きの手紙でないと有効に働かないのだ。手書きが誠意の証明だなんて、ああ、私は、なんて古臭い世界に身を置いているのだ。でも仕方ない。時田さんの言うように、いとおしくなるものを届けなくては。コンビニのおにぎりより、手で結んだおむすび。出汁《だし》は、インスタントより、昆布にかつぶし。時計は、デジタルより、オメガの手巻き。私は、ずっと、このスタイルでやって来たのだ。カルティエのタンクとセイコーのスプーンを使い分けてる一浩みたいな調子の良い男とは違うのだ。私は、しばらくの間、目の前の白い便箋《びんせん》に集中した。

成生と初めて寝たのは彼に食事に誘われた日のことだ。連れて行かれたのは、レストランではなく彼の小さなアパートメントだった。裕福じゃないから自分で料理する、と恥し気に笑う彼の手には魚屋の袋がぶら下がっていた。わくわくした。レストラン、バー、ベッド、と続く成り行きには、とうの昔に飽き飽きしている。一浩と恋人同士だった頃にやり尽くした。いつのまにか、順番が、ベッド、レストラン、バーになり、今はもう、ベッドしかない。それも、たまに一緒に眠るためだけの。

明け方、私は、成生の部屋を後にした。その時、既に、私には解っていた。あの子は、ひと晩だけでは味わい尽くせない。一見《いちげん》さんのままでは、絶対に嫌。小さな部屋。ベッドと、長いローンを組んで買ったポルシェの自転車以外目立つものは何もない。私は、男の子の部屋、という言葉を久し振りに思い出していた。かつて、それは、生きて行くのを楽しくさせる大切な用語だった。初めて足を踏み入れる彼らの部屋は、いつだって少しばかり居心地が悪かった。私にとって、居心地が悪いというのは、性的なニュアンスを含んでいる。それは、好きな種類の男が手を伸ばせば届く距離にいる場合に限るけど。

結婚しているの？　と彼が尋ねたのは、ベッドの中で抱き合った後のことだ。してるよ、と私は答えた。洗面台で冷やしたシャンペンを飲み、彼の作った料理を食べながら、私たちは話し続けていた筈だ。それなのに、二人は、互いの個人的な過去について語ることなど忘れていた。私は、本についての話をずい分としたような気がする。

「そうかあ」彼が、のんびりと言った。

「じゃあ、夏美さんのことを独身の女のつもりで抱けたのは、一回きりだったんだね」

「気にする?」

「ううん。でもさ、もし、この先続くとしたら、人の奥さんとってことになるじゃん。やべえよなあ、苦しくなりそう」

うつ伏せで枕を抱えながら呟く成生の様子を見ている内に懐しい感情がこみ上げて来た。あ、この感じ、知ってる。無造作に刈られた髪から覗く耳朶《みみたぶ》に、小さな銀の輪が光っていた。それが勤務日と休日をはっきりと区切っていた。この人の時間のいつくしみ方は、私とは明らかに違っている。そう思った。やべえよなあって、私の方がやばいんじゃない? だって、私は、結婚してから初めて、結婚している自分の状態を苦しく思っている。

「夏美さん、溜息ついてる」

「溜息じゃないよ、息つぎしてるんだよ」

「それなら、さっきもしてた」

成生は、さも愉快そうに見詰めながら、私を抱き寄せた。

「たぶん、おれもしてた。初めての人とするセックスって息つぎの連続だね。次からは、ちゃんと、ゆっくり息をしながらしよう」

タクシーの拾える場所まで送って行くという成生の申し出を断わり、私は、ひとりで大通りに出る道を歩いた。夜が明けかかっていた。空気の冷たさに、私は身震いした。いつのまにか秋になりかけている。暖かいものが必要な季節に、やがてなる。

私は、彼が夕食に作ったスープを思い出した。ベーコンとレタスと冷凍のグリーンピースに玉ねぎ。バターがたっぷりと浮かんでいた。フランス料理の惣菜に似ている。プティ・ポワ・フランセ。私が、そのことを伝えると、彼は肉を焼きながら、しきりに照れた。

「夏美さん、色々な国に行ってるんだね」

「仕事の場合が多いよ。あまり自分の時間がないから疲れちゃう」

「それでもいいじゃん。色々なもの見られて。おいしいもん、いっぱい食べられて」

「珍しいね。あなたぐらいの年の人って、コンビニのごはんとかジャンクフードでOKな場合多いじゃない。こんなにきちんとお料理するなんて、あんまり見たことない」

「今日は特別」

大きな背中が、シンクとひとつしかないレンジを隠している。けれども、漂う湯気や香ばしい匂いで、おいしいものが出来上がりつつあるのが解った。床にシャンペングラスとプレイトが置かれている。テーブルもない。けれど、素敵なおもてなし。私は、今、世界で一番小さなレストランを訪れている。

「夏美さんが持って来てくれたシャンペン、何ていうの？　おれ、そんなうまいの生まれて初めて飲んだ」

彼は、手を休めないまま尋ねた。私は答えた。その瞬間、私は強烈に思った。生まれて初めてのもの、彼に、もっともっと知らせたい。

食事が終わり、どちらが先に相手の体に触れたのかは思い出せない。二人共、心では、とっくにその気だった筈だ。でなかったら、彼は、私を自分の部屋になど誘わないだろうし、私もここになどいない。郵便局のカウンターで、そんなことは言葉なしに了解し合っていた。けれど、互いの体に、どちらが先に抜けがけするのか、そのことは、あまりにも重要な気がする。もしも、彼が始めたのなら、私は、そのことに感謝したいし、私がそうしたのであったのなら、それを少しばかり恥じる。男と女が床に腰を降ろし、ベッドに寄り掛かって見詰め合うということは。それは、心に体を追いつかせる仕掛け。私は、彼を待っているだけで良かった筈だ。

「これから夏美って呼び捨てにしていい？」

「うん」

「誰かそう呼ぶ人、いる？」

「ううん。皆、夏ちゃんとか、ナツとか、仕事してる時は、ほとんど旧姓で呼ばれてるし」

「ひゃー、じゃ、おれが一番大人っぽい呼び方するんじゃん」

「名前を呼び捨てにするのが大人っぽいの？　変な人」

成生は頷いて、自分のことも呼び捨てにしてくれと言った。そこに、どういう意味があるのか解らない。

「だってさあ、年上の女を呼び捨てにしてるなんて、ちょっと偉そうでしょ？」

彼の言葉に、私は肩をすくめた。馬鹿みたい。シーツの隙間では、ずいぶんと大人っぽかったけれど。

「おれの飯、うまかった？」

「すっごく。お魚もお肉も野菜も」

特に、スープが。スープって、何だか、他の料理とは違う意味を持っているような気がする。何故だろう。体を暖めるからだけではないと思う。何かがきっと溶けているのだ。作ったその人の手から出た何かが。

「シャンペンありがとう」

「何よ、今さら」

「だって、クリュッグだっけ？　あんなの夏美が持って来なかったら、一生飲む機会なかったかもしれないもん。だから、あなたは恩人」

私は吹き出した。

「何の？」

「シャンペンが、どういう意味を持ってるのかを紹介してくれた恩人」

そんな可愛いことを言われたら。また持って来ない訳に行かないじゃないか。正直者なの？　それとも、それが手なの？　いずれにせよ、私は、部屋を出る前から、もう既に後ろ髪、引かれてた。男の子の小さな部屋で、彼は夕食を作ってくれたけれども、私が作って自分勝手に賞味していたのは懐しい味。恋の予感のセンティメントだ。

ようやく止まったタクシーに、私は乗り込んで、シートに深く腰かけた。運転手が、ミラー越しに私を見て話しかけた。

「こんな時間までお仕事ですか？」

私は頷いて、彼に尋ねられるままに、編集の仕事をしていると言った。

「へえ、本を作ってるんですか、そりゃすごい」

すごいか？　今、して来たことと、本を作ること、どちらがすごくて楽しいでしょうか？　私は、自分自身に問いかけながら、笑いをこらえた。すごいことなんて、私は、一度だってしたことはない。でも、楽しいことはして来てる。私は、ゆっくりと息をする。ようやく深呼吸の出来る自分を取り戻したというのに、また、息もつけないことに、私、手を出そうとしている。

C

ある作家の通夜で、私は、久し振りに一浩に会った。焼香《しょうこう》をすませて斎場《さいじょう》を出ようとする私の肩を叩いて、彼が言った。

「ナツに会うと思わなかった。伊藤さんの本、担当したことあったっけ?」

「ないけどさ、いいじゃん。好きだったのよ、彼の作品。カズこそ担当してたんだっけ?」

「いや、担当してる別の作家との対談に顔を出しただけだったけど」

義理って訳ね。私は鼻白んだ。有名、無名にかかわらず、葬儀の場には、いつもこういう輩《やから》がいるものだ。そういう人間に限って神妙な振りをしちゃってさ。今、通りかかったあの作家だって、陰で伊藤さんの悪口ばかり言っていたくせに。

私の視線を追いながら、一浩は苦笑した。

「今、ナツが何思ったか、おれ、解る」

「嘘ばっかり。あんたに私の気持なんか解るもんか」

「解るさ、夫婦だもん」

ぬけぬけとこの男は。私は、何も言わず歩き出した。一浩は追いかけて来て私の肩を抱いた。やだなあ。悲しむ妻を労る夫の図になっている。たぶん、他の人々の目には、そう映っている。苛々しながら、肩に置かれた手を振り払おうとすると、彼は言った。

「これから何かあるの？　飯食いに行かない？」

ほらね。実は、私は、ちっとも労られてなどいないのだ。断わろうと顔を上げると、前から歩いて来る別の会社の顔見知りの役員と目が合った。私と一浩は夫婦として彼に挨拶せざるを得なかった。

「澤野くん、優しい御主人で良かったね」

はあ、恐縮です、と言う一浩の声が聞こえた。私は、成り行き上、敬愛する作家の死を悼《いた》む編集者として下を向いている他はなかった。ああ、この私も、義理で神妙な振りする人々の仲間入りだ。

うんざりしながら外に出ると、一浩がいつのまにかタクシーを拾っていた。仕方がない。夕食時ですものね。夕食を食べるのは当然でしょう。私は、本当に空腹だった。

タクシーの中で、一浩は黒いタイを外して、ブリーフケースの中から別なタイを取り出した。私には見覚えのないものだ。

「それ、彼女からのプレゼント？」

「そう」

「私があげたオズワルド・ボーティングのやつはどうしたのよ。黒いスーツにはあれって決めてたじゃない」

一浩は、私の問いに、顎《あご》を上げてタイを結びながら答えた。

「黒いスーツったって喪服だぜ。あれじゃ、スタイリッシュ過ぎるだろ」

喪服ったって、それ、コム・デ・ギャルソンのスーツだろ。などと、心の中で毒づいていたら、彼が、私の方を向いて言った。

「ナツー、悪いけど、結んでくんない？　なんか、勝手が違ってさあ」

「私の手は、そんなださいタイを結ぶためにはない」

彼は、まばたきをしながら、私を見詰めていた。

「ナツ、今の台詞《せりふ》、すげえ格好良い。でも、結んで」

面倒臭くなって、私は、タイに手をかけた。このまま首も締め上げたい気分だったが、私は、食事の前に争いごとを持ち込まないのを主義としている。

三十分後、私たちは、イタリア料理のリストランテのテーブルに着いていた。かつて二人で一緒に、そして、時には別々に良く通った行きつけの店だ。マネージャーが、にこやかに、本日のお勧め料理の説明をした。私たちは、運ばれた食前酒を前に、改めて見詰め合った。一浩が、チンザノのグラスを上げて言った。

「じゃ、乾杯」

「何のために」

「二人のために」

「げー、やなこった。まっぴらごめん。死んだ方がまし」

「うーん、そこまで言うか。じゃ、伊藤先生の美しい作品たちに」

私は、ようやく自分のグラスを上げて、一浩のそれに合わせた。シャンペンに溶けた木いちごの香りが鼻をくすぐった。

「ここ来るの久し振りだな。おれ、絶対、カルパッチォ食べようっと。おまえは?」

「彼女のこと、そう呼ぶの?」

一浩は、メニューから顔を上げて目で問いかけた。

「おまえ。もしそうなら、私のことは、金輪際《こんりんざい》、そう呼ばないで下さい」

「金輪際って……そんな依怙地《いこじ》にならなくたって良いだろ。彼女だけじゃなくて、坂本とか、大橋とかも、そう呼んでんだから」

彼は、後輩の名をあげた。依怙地か。そうかもしれない。私は、彼女の存在を知ってから、些細《ささい》なことが気になるようになった。というより気付いてしまうのだ。彼は、自分自身を、ぼくと呼び、おれと呼び、私と呼ぶ。他人を、あなたと呼び、きみと呼び、おまえと呼ぶ。もちろん呼び方を使い分けるのは誰もがすること、私だってそうする。しかし、彼ほど、上手い具合に使いこなしている人はいないような気がする。彼は、一人称、二人称を綺麗《きれい》に操って人の心を手中におさめる。前は、そんなこと思いもしなかった。けれど、ぎくしゃくした二人の関係が表に出た今ならそれが解る。お布団の中で、おまえと呼ばれなくなってから、その効用を知るなんて、私も馬鹿な奴。

「ごめん、呼びたいように呼んで良いよ。大好物の生の牛肉のスライスを牛に敬意を払って、あなた様と呼ぼうが、親愛の情を込めて、おまえと呼ぼうが、私は気にしない。どっちも、カズらしいよ。認める」

「変な女。拗《す》ねんなよ」

拗ねるという言葉でまとめられてしまう程、単純な感情ではないのだが。一浩は、私が複雑な感情に襲われて言葉を失う時、いつも、呆気ない程、簡単な物言いで、私が捜しあぐねていた出口を見つけ出す。拍子抜けしながらも見る間に気分を軽くして行く私に肩をすくめながら彼は言う。日常って、おれたちがやってる小説ほど、ややこしいもんじゃないだろ？　そう言われると、本当に、そんなふうに思えて来る。毎日、仕事で扱わざるを得ない言葉の群れ。でも、空腹を表わす時には、おなかがすいた、と訴える以上に有効な言葉はないし、人恋しい時には、この願いしかない。あなたに、会いたい。

「小説ってさ、なんで、あんな大昔からあるのかねえ」

「必要だからだろ？」

「でも、なくたって良いものな訳じゃん。実際、本、読まない人だっているんだしさ」

「そういう人たちも、きっと、文学に代わる何かを必要としてると思うよ。肉だって、生のまま切って出されてもうまくないじゃん。いくら刺身が新鮮なのが良いったって、海で泳いでる魚に齧《かじ》り付く奴いないだろ。手間をかけたものに出会わなかったら、ただ生きのびてるだけになっちゃう。世の中に一大事が起ったら、真っ先に淘汰《とうた》されるのは文学だ、なんて嘯《うそぶ》いてる作家、おれは嫌いだね。じゃ、止めればって、感じ」

「でも、カズは、私に、いつも単純なことばっかり言う」

「だって、夫婦だもん」

「ずるいよ、そんなの」

「夏美」彼は、口を付けかけたワイングラスをテーブルに置いて私を見た。

「おれに、文学論語れっていうの？」

私は下を向いた。夫婦で文学について語るなんて、私だってお断わりだ。私たちは、二人共、小説に関わっているけれども、夫婦間にあるものと個人的に抱えている思いは違う。前者は同じ仕事をしているという認識であり、後者は熱烈な情熱である。共同生活をスムーズに行かせるために、私たちは、それらを決して交錯させて来なかった。

沈黙したままの私を気づかうように、一浩は、私の手に自分のそれを重ねた。

「聞いてやるよ」

私は顔を上げた。

「今夜は聞いてやる。昨夜、死んだ作家の作品世界が、どれ程、ナツの心をとりこにしていたのか」

私は、今夜が通夜であったことを、ようやく思い出した。一浩は微笑していた。私は、舌打ちしたい気分になった。思いやりを持たれてる。聞いてやるよ、という言葉が、二人の結婚生活を、また少し崩したように思った。でも、口惜しいけれど、何だか、すごく嬉しい。

私は、食事の間じゅう話し続けていた。そして、良く食べて、良く飲んだ。ワインや料理が、口に入るそばから会話を生み出すかのように、一浩も良く喋った。思い出すと、学生が語るような青臭い内容だったような気がする。けれど、彼が相手だと思うと、何故か恥しくないのだった。恥しいことのない男なんて。私は思った。何か間違ってる。でも、その間違いは、結婚というものが捜し当てた稀少《きしよう》価値なのだ。

「カズとこんなふうに話すの久し振りだね」

「久し振りっていうより、ほとんど無かったような気がする。あー、おれ、今日喋ったこと会社の連中に聞かれたらと思うと死にそう」

「彼女には？」

私の意地悪な問いに、彼は困ったような表情を浮かべた。

「考えたこともなかった。あの子はこういう世界に入れない人だからなあ。もし、彼女が、おれたちの今みたいな会話を聞いたら、おれに対してよりも、きみに対して驚くと思うよ。こういう場所で、この男と関わっている女がいるんだって。ほら、おまえってさ、これ見よがしに対等じゃん」

私は、いったい、きみなのか、おまえなのか。今、解った。自分の中で、彼女と私を同時に思わなくてはならない時、私は、彼のきみになる。比較されているのだ。成生は、私を夏美と呼び捨てにする以外、何と呼んだっけ。そうだ、あなた、だ。一浩は一度も私をそう呼んだことがない。私も、彼に、そう呼んで欲しいと思ったことはない。

「彼女は、カズのこと、何て呼ぶの？」

「一浩さん、時々、あなた、面と向かった時ね」

「へえ。さん付けで呼ぶ程のもんかね」

などと嫌味を言ったものの、私は思う。あなたと呼ばれると一浩も気分が良いだろうな。だって、私だってそうだもの。妻の物解りが良いのは、自分も同じ思いを味わっているから。私は、何故、成生のことを話さないのだろう。

「ナツ、彼女の話は止めようよ、今夜は」

「ばつ悪い？」

「そうじゃないけど。な、これから飲みに行かない？　おまえと本の話するの、すげえ楽しい。もう一軒行こう。それで帰ろう」

で、行った。私は、自分が断わらないのを酔いのせいにした。そして、帰った。二人の家に。ついでに一緒に寝た。レストラン、バー、ベッド。何でだよ。あ、夫婦だからか。などとは、私には、もう思えない。いつのまにか眠りに落ちて、そして目覚めた時、隣に、一浩の顔を見つけて、私は混乱 confusion した。そう言えば、私は、食事の時から混乱していた。彼に対しては、心の片隅でいつも腹を立てている。平然とした表情を思い浮かべるだけで歯がみをしたくなる。それなのに、久し振りに向かい合ったレストランのテーブルで、私は、いつのまにか怒ることを忘れていた。彼に話したくてたまらないことが山程あった。その時、彼は、私の夫ではなかったと思う。他の女に心を移した自分の男、というのでもなかった。友情？　そんなもの、はなからない。ワインの酔いを共有した男には、何の役割もなかった。彼が、彼でなくてはならない、という以外には。

一浩は、もぐり込んだベッドの中で、おまえ、と私を呼んだ。おまえ、こうされるの好きだろ。不思議な気がした。別の男のように思えた。あなたは、こうして差し上げるのがお好きでしょう。そう言い替えても同じに聞こえた。つまり、他人行儀だった。他人行儀なセックスは期待を抱かせる。まだお互いを征服し尽くしてはいない。私たちは、とまどいながら抱き合った。まるでワンナイトスタンドの情事のように。思いやりなど生まれる以前の男と女みたいに、私たちは、自分勝手な快楽に身をまかせた。堪能《たんのう》した。愛情なんて、どこかに行った。そう思い込むことは素晴しい。

けれど、翌朝、目覚めた時、隣にいるのは、やはり私の夫なのだった。しびれてしまうのではないかと思い、私は、自分の首の下から彼の腕をそっと抜いた。そんな理由で、私は、ずい分と昔に、腕枕を手放して来た。彼が、本当に、それを望んでいるのかどうか、尋ねないままに。

一浩を起さないように、私はベッドから降り、床に散らばった二人の衣服を拾い上げて行った。酔って抱き合いながら歩いた道筋の通りに、シャツやスカートやらが落ちていた。私は、昨夜を思い出して恥しくなった。ベッドまで待てないってさ……ティーンネイジャーじゃないだろうよ。玄関には、タイが落ちていた。まるで、蛇のようだわ、と嫉妬《しっと》に狂った妻が、それを鋏《はさみ》でずたずたに切り裂く場面を想像した。ものすごく陳腐だ。でも、やってみちゃおうかな。私は、つまみ上げたタイをしばらくの間、ながめていた。止めた。私の手は、こんなださいタイを切り裂くためにない。私の鋏は、嫉妬用にするには、あまりにも惜しいドイツ製だ。

あー、酔っ払った成り行きで男と寝ちまったよお。私は、昔、何度か呟いたことのある台詞を口にした。一浩、ごめんよー!! まさか、夫と寝て、夫にすまなく思う気持になる日が来るとは思わなかった。成生と寝ても少しも湧き上がらない感情が、唐突に自分を満たしているのに気付き、私は、またもや混乱する。それと同時に、一浩の朝食の玉子はオーヴァーイージー（両面焼き）などと思い出したりもしているのだ。

d

「ナツ、男、出来たでしょ」

いきなりそう尋ねたのは、女友達の今日子《きょうこ》だ。私たちは夕暮れのカフェでエスプレッソを飲んでいた。私が、笑いをこらえながら黙っていると、彼女は、たたみかけるように次々と質問した。

「そして、その男は年下ね。で、つき合い始めたばかりで絶好調。そして、あんたは、これから、私を置き去りにして彼に会いに行く。どう？　当ってる？」

私は、ついに笑い出した。

「おっしゃる通りです。でもさ、何で解ったの？」

「香水」

ばれたか。私は、その時、ディオールのディオリッシモを付けていた。昔から続く甘い甘い香りだ。香りを日常の習慣にしてから、試す以外は、ほとんど使ったこともない種類のものだ。

「止めなよ、今さらそういうの。同じディオールでも、あんたに似合うのあるでしょ? 可愛い女の振りしなきゃつき合えない相手なの? 森下にばれるよ。あの人、そういう甘ったるい香り一番嫌いじゃない」

「成生に会う時だけだもん」

私は、成生との出会いから今に至るまでの経過を話し始めた。もちろん、一浩との間に何が起っているのかも。今日子に隠し事は出来ない。私たちは、高校時代から、色々な時間を共有して来た。笑いや怒りや溜息や退屈。それらを包む共感と対立は、常に言葉によって明確にされていて、その点で、二人のつき合いは、いわゆる女同士の社交とは異っていた。学生時代、二人は、互いの存在をことさら大切に扱うことはなかった。稀少価値だと気付いたのは社会に出てからのことだ。言いたいことを言い合えるには、少しずつ積み重ねて行った信頼という土台が必要であるのを知った時、私たちは、出会った偶然に感謝した。以来、互いの恋人は何人も変わったが、私たちは、相も変わらず、自分の男について話すことを止めていない。

「言っておくけど、これ、香水じゃないよ。ボディローションだよ」

「うわ。セックスの最中に、彼、むせない？」

「今のところは。もしかして、口だけで息してるのかな。それか、息も止まる程、私に夢中なのかもしれない」

「うう、この女、何とかして欲しい。恋に落ちた人間ってさ、ほんと、手、つけられない。でも、仕様がないから聞いてやる。聞かせて、聞かせて、ナツのそういう話、久し振りだもん」

そう言えばそうだ。ナツは森下と結婚してずい分大人しくなったね。ここ数年、いつも今日子には、そう言われてた。そういう彼女は、まだ独身で大学の先生なんかやりながら不良している。

「やっぱ、ディオリッシモはないよね」

「ないよー、ナツ、変だよー」

「十九番にしようかなあ」

「……何なの、それ」

「だって、小学校の時に初めて付けたんだよ、シャネルの十九番。あれって、雨の香りって感じしない？」

今日子は、私の顔をまじまじと見詰めた後、わざとらしく髪を掻《か》きむしって見せた。

「要するに、だ。あんたは、初心《うぶ》な頃の自分を無理矢理取り戻そうとしているんだよ。ああ、風呂上がりに、ブルガリのオー・パフメの大瓶、豪快に振りかけてたあのおやじな女はどこに行ってしまったの？　森下がお土産に買って来てくれたランコムのトレゾァを、女売り物にしたくないとか文句つけて、私に横流しした男前の女は？　何が雨の香りよ、ひとりで雨に打たれてなさいよ」

「ひとりじゃなかったよ」

今日子は呆《あき》れたような表情を浮かべた。そう、ひとりではなかった。雨は降っていたけれども、雨に打たれていた訳でもない。屋根はあった。私たちは、洗濯をしていた。成生のアパートメントの側のコインランドリー。洗濯機をテーブル代わりにして、近所の酒屋から調達したシャンペンを飲んだ。震動でシャンペンの泡が盛り上がり、私たちは慌ててプラスティックカップを持ち上げて合わせた。音のしない安物の乾杯。私たちは、その後、少しずつ注《つ》ぎ、少しずつ飲んで、そして、少しずつキスをした。

「せっかく来てくれたのに、洗濯なんかつき合わせちゃってごめんな」

私は首を横に振った。殊勝な気持になっていた訳ではない。私は、楽しくてたまらなかったのだ。何故なら、初めてのことだから。私は、デートで洗濯をしたことなんてない。そして、これ程、日常から切り離された洗濯を知らない。それなのに、彼は、私が日常に入り込むような隙を見せている。もっとも、シャンペン付きの洗濯なんて、彼にとっても日常ではなかっただろうけど。

「コインランドリーね。まるで学生だね。ナツ、あんた酔ってる。その学生みたいな貧乏な恋に酔ってるのよ」

「そうだよ。酔って何が悪い。恋の始まりに酔わなくちゃ嘘じゃん。彼は確かに、私に比べたら若くて貧乏だけど、それをエキゾチックに思える自分が私は好きだよ」

「いいねえ。それをいいと言えちゃう私も自分が好きだよ」

私たちは同時に吹き出した。この種の意見の一致をみる時、私たちは、少しばかり優越感を持っているような気がする。誰に対してかって？　世の中にはびこる若いおねだり女たちに対してだ。私たちが男に求めるものは、雑誌のカタログに載っているような解りやすい物じゃない。だから、きみたちは面倒臭いと一浩に言われたことがある。そうかもしれない。私たちは仕事を持っていて、それを長く続けて来たために、自身に贈り物をすることが出来る。男に媚《こ》びて物をねだったりなんかしない。だからこそ、男からの贈り物を素敵なハプニングとしていつくしむことが出来る。けれど、本当に欲しいものについては口にしない。しないけれども自分で選ぶ。そして、男の知らない間に、奪い取っているのだ。

「コインランドリーでシャンペンを飲む機会を私に与えてくれた男の子に心から感謝したいと思うんです」

「そのシャンペン、どっちがお金払ったの？」

「私に決まってんじゃん。洗濯しに行く男のポケットにはコインしか入ってないのを知らないの？」

「それは失礼。で、洗濯しに行く男に恋をした年上の女は、ポケットに札束を入れていると」

「札束で買う程の高いシャンペンが近所の酒屋にある訳ないでしょ。でもさあ、作家につき合っておいしいもの覚えちゃった編集者の悲しい性《さが》で、つい、そこで一番高かったヴーヴ・クリコを買っちまったのさ」

「まあ。あの御婦人が栓の上に君臨している」

「今度、あのコルクに被った針金の上に自分の写真でも貼っておこうかな」

「げー。ナツの顔写真付いてるヴーヴ・クリコなんて死んでも飲まなーい」

くだらない。私たち、くだらな過ぎる会話を交わしている。けれど、こんなものだ。私は、いつも不思議に思う。世の中に溢《あふ》れ返る書物の中の三十代は、何故、あんなにも分別臭い物言いをするのだろう。世知に驚く程長《た》けていて、そこからはみ出したものは異端児扱い。結婚している者が、うっかり恋に落ちようものなら、浮気か、ビッグ・ミステイクか、貫き通す情念か、その三種類。しかも、明らかに、私たちと違う言葉で喋ってる。この間、読んだ小説なんて、セックスの最中なのに、女が男に敬語を使ってた。何でだ。嫌らしさをねらってそうするなら解るけど。私たちが、中学から、男も女も名字で呼び捨てにして来た世代だってこと、上の人たちは知らないのかな？ 私たちは言葉の使い分けを身に付けて来た。一浩程、悪達者ではないにしても、お馬鹿さんな言葉とお利口さんな言葉、そして、世間様相手の言葉を組み合わせて喋るのが好き。そんな私たちのための恋愛小説、誰か書かないかな。私が担当してみせる。

「ランドリーでのシャンペンにナツが感動したみたいに、その彼も、ひとつひとつ新しいことに出会って感動してるんだろうね」

「そう思う？ だといいな。彼は、その時、雨が降っていることに感動していたよ。洗濯機の音とか、彼、大嫌いだったんだって。でも、雨の音に混じると悪くないって言ってた」

「悪くない、か。照れるなよ、にいちゃん」

その後、成生は、私を抱き締めたのだった。今日子の言うように、照れるあまりだったのか、それとも、照れていなかったからそうしたのか。

日が暮れかかっていた。雨が、あたりをいっそう夜に近付けていた。少し酔うには、ちょうど良い時刻。私は、いつまでも彼の胸に顔を埋ずめていた。暖かかった。首筋のディオリッシモが蒸発するのが解った。私がしているのは生まれて初めてすることなのだ、と思った。くり返された色恋の中で、私は、このことだけはして来なかった。そんなふうに感じた。ここが目的地 destination だったのだ。彼と一緒にいる一番新しい場所。それが、いつも、私の目的地のように思える。

初心だった頃の自分を取り戻したがってる、と今日子は言った。確かに、この香り、甘過ぎて、私の生活には似合わない。でも、可愛い女に無理に見せようとしている訳じゃない。私は、彼の甘いものになりたいなあ、とふと思いついただけなのだ。言ってみれば、遊び。でも、遊びの食べ物は病みつきになる。キャンディだって、チョコレートだって、タルトだって。病みつきにさせて、心を悩ませて、もっと欲しくさせる。

駅を出て、成生の部屋に向かう道すがら、私は考える。自分は、今日も、彼の甘いものとして振舞えるかしら。甘さに深刻は似合わない。私は、キャンディのようにつまみ食いされたい。けれど、時々、ボックスに入っているキャンディが、たったひとつだけならいいな、と思う。急ぎ足の私の頰《ほお》に当たる空気は日ごとに冷たくなっている。そして、向かう部屋のドアの内側は、日ましに熱くなっている。ドアベルを鳴らすか鳴らさないかの内に扉を開ける彼のたたずまいで、それが解る。そこには、少しばかりの深刻が滲《にじ》んでいて、私は、瞬間、息を止める。もうキャンディは、前のように甘くない。けれど、だからこそ、よりいっそう美味なのだ。

「ナツ、これから、その男を抱くの？」

今日子が尋ねた。

「そうだよ。でも、私も抱かれるんだよ」

私の答えに満足したように頷き、恋が始まったお祝いに御馳走《ごちそう》してやると言いながら、
カフェの伝票を取り上げた。なんて、いい女だ。しかし、その後、彼女は、皮肉たっぷり
に、こう言った。

「ナツ、気をつけなよ。恋の最中の香水は、男をパブロフの犬にしちゃうんだから」

そんなの知ってる。女だってそうじゃないか。

e

遅い昼食のついでに、私は、成生の働く郵便局を覗いた。いつものように、カウンターには彼がいて忙しそうに窓口業務をこなしている。お仕着せの緑色の制服が全然似合っていない。はっきり言って野暮だと思う。公務員の制服が、まるで似合わない男と私はつき合っている。彼は、タイを五本しか持っていない。この間、偶然に、開けられたクロゼットの扉の内側に下がっているのを見た。四本が支給品、残りの一本が、前の彼女から贈られたものだと言う。私は、この間、夫が締めていた趣味の悪いタイを思い出した。どうして、どいつもこいつも男にタイを贈るのか。私は、夫のものしか選んだことはない。それは、贈ったのではなく、買ったのだ。自分と対と見なされる男のために。そして、自分の趣味のために。一緒に暮らしていると、どうしても、相手の趣味を自分に近付けたくなる。一浩が私に近付けようとしたのは本の趣味だった。出会った頃は、それが嬉しかった。彼の勧める外国の文学が、一冊一冊、私の世界を広げて行くように思った。いつの頃からか、私は、自分の選んだ本しか読まなくなったし、彼も、私に勧めなくなった。同じ趣味を持つ人間同士が一緒に暮らすのは疲れる。私が、そう思ったように、彼も感じていたのだろう。ただ、彼は、ずっと、私の買ったタイを締め続けていたし、私も、勧められた本から得たものを活用していた。だから、彼がタイを交換する時が来るかもしれないのを、私は忘れていた。

このタイ、前の彼女からもらったんだ、と成生が言った時、私は、あらそう、とだけ相槌を打った。何の感情も湧かなかった。出会ったばかりの頃は、相手の過去に優しいままでいられるものだ。寛大さは、深入りしていない自分の証明のようで、私の気を楽にする。タイ一本の女の過去ぐらいなかったことにしてやろうじゃん、という感じ。それなのに、彼は、その女の名前を口にした後、こう続けた。

「すげえいい女でさあ」

私が黙っているとさらに続けた。

「おれ、本当、好きだったんだ」

何も反応しない私の顔を覗き込んで、彼は尋ねた。

「ごめん、気、悪くした？」

どうして男ってこうなんだよ。これって、年齢とは関係ないような気がする。昔の女の話をわざわざ持ち出して、その後でこちらの反応をうかがう。もしかしたら、こういう男の出方に一喜一憂する女が多いのかもしれない。でも、それでいったい何を許そうとしているの？

「夏美、怒ったの？」

「どうして？」

「前の女の子の話とかして」

「そう思うなら、何だってそういう話するの？　私、全然、怒ってないよ。でも気分は良くないよ。それ、やきもち焼いたからだなんて思わないでね。冗談じゃないから。私が不愉快なのはね、あなたが言っても仕様がないことを口にするからよ。二人でいる時に、どうして二人だけのことを楽しめないの？　過去とか私生活とか、そういう不純物、まだ私たちの間に入れることないじゃん」

つき合いが続けば、その不純物こそが目の前の相手を作って来たいとおしい重荷になるのだが、そんなこと、今、私は言わない。成生とそこまで到達するような関係を、私は、まだ望んではいないのだ。

「おれ、前、つき合ってた女のこと話すしか対抗出来ねえもん」

彼は不貞腐《ふてくさ》れたように横を向いた。今度は、私が彼の顔を覗き込む番だった。

「対抗って、誰に対抗するのよ」

彼は、迷ったような表情を浮かべた後、ぽつりと呟いた。

「今の男」

「は？」

「あんたの」

一浩のことを言っているのだと気付いて、私は呆気に取られた。私は、一浩が嫉妬の対象に成り得る存在であるなんて、すっかり忘れていた。

「成生の馬鹿」

「なんでだよ」

「馬鹿だからだよ」

私は、うるせえと何度も言ってもがく彼を抱き締めた。ほんと、馬鹿。でも、馬鹿な子程、可愛いよ。それよりも、と私は思った。一浩、あんた、私のおかげで自動的に地位が上がってるよ。この魅力的な男の子に嫉妬されてるんだから。トイレで作家の原稿読む無礼も許してあげよう。ま、知ったこっちゃないでしょうけど。

私は、郵便局の自動ドアが開かないよう、首だけ突き出してガラス越しに中を覗いていた。出て行く客を目で送った成生が、そんな私を見つけたようだった。彼は、笑いをこらえて下を向いた。私は、不自然な自分の姿勢に気付いて、慌てて腰を伸ばした。男に気を取られると、私でも不審人物に身をやつす。やれやれ。腰曲がったばあさんみたいな格好しちゃって若い男に執心してる。などと溜息をついていたら、時田さんに後ろからこ突かれた。

「仕事さぼって、男を観賞してるんじゃありませんよ、澤野さん」

「そんなんじゃないですよ。ただ、どうしてるかと思って見てただけですよ」

「でも、相当奇異な格好してたよ。横断歩道の向こうからでも目立ってた。で、夏ちゃんの彼ってどの子？」

私は、カウンターの隅で接客している成生を指差した。彼とのことを知っているのは、会社では、時田さんと、後輩で仲の良い営業の男性社員の小池《こいけ》だけだ。三人で良く食事をする。何故か気が合い、自戒しながらも、「ここだけの話」を楽しんでしまう。そして、本当に、その時の話題は、そこだけの話になる。

「骨格のきちんとした男子で、大変素晴しい」

「どういう誉《ほ》め方なんですか？　それ」

「肩幅ない男って悲しいじゃない。うちの秀美なんか、彼より頑丈そうな体してるよ。前髪上げてるけど、うちでもそう？」

「降してます」

「掻き上げてあげるの、気持良いでしょうね」

どうして、この人は、いつもこんなに即物的なんだろうと思う。でも、実際のところ、それは、そう。私は、自分の上にいる彼の髪を掻き上げるのが好き。

「絶好のロケーションだね、夏ちゃん。いつも通り掛りに、恋のお相手に遭遇出来る」

「遭遇、ですか？」

「そうよ。会いに行くだけをくり返す恋って慣れちゃうじゃない。出会いを重ねて行けるのは理想。だから、同じ電車に乗り合わせる相手には、いつも心を熱く出来る」

「電車で知り合ったんですか？　今の彼」

「きゃー」

時田さんは、はしゃぎながら走り去って行った。何が、きゃー、なのか。相変わらず不思議な人だ。でも、彼女の言うことは当っている。私は、成生の顔を見るたびに、遭遇
encounter した、という気分になる。でも、それは、たまたま会社の側で働いていたからではない。

たとえば、少し待ち合わせよりも早い時刻、まだ来ていないだろうなと思った雑貨屋

に、既に彼がいるのを見つける時。彼は、華奢《きやしや》なペーパーナイフなんかをつまみ上げて、しげしげと見入っている。もう一歩近付けば、そこから視線を外して私を見るだろう。そして、微笑を浮かべる。私は、彼を、まるで初めて会った人のように思う。捜し続けていた初めて会う人。今、見つけた。何度も会っているにもかかわらず、そう思わせる人は、私に、知らない時間を連れて来る。

また、ある時には、駅でスポーツ新聞を読んでいる。そういう人は沢山《たくさん》いる。けれども、彼が、私の気配を感じて新聞の紙面から顔を上げる時、周囲の空気が二人のものになっているのが解る。すると、ありきたりの情景に所有格が付く。その瞬間、出会っている、と思う。調和を待ち望んでいたお互いの何かが、また新たに遭遇した、と感じるのだ。

郵便局を後にした私は、会社に戻る途中で、ふと気が付いた。私のこの足取り、どちらかというと、スキップに似ている。うわ、何ということだ。いい年した女が。子供の頃、スキップをする三十五歳の自分を予見していたら死にたい気分になっていただろう。でも、するのだ。大人も子供と同じような行動を取ることがあるのだ。それは楽しい時。うーん、悲しい時もあるけれど。とりあえず、スキップは、心が浮き立つ時の行動である。私、浮かれている。ヤッホー。などと心の内ではしゃぎながら仕事に戻ると、デスクの上にはしなくてはならないことが山積みになっている。子供でいられる時間は、本当に短い。かかって来た電話をメモした紙に、一浩の名前がある。スキップが遠くなる。私は、受話器を手に取った。

私の電話に出るなり、一浩は言った。

「あのさ、今さら姑息《こそく》なこと止めてくんないかな」

「何のこと？」

「城山さんに、きみ手紙書いただろう。それも、わざとらしい熱意のこもったやつ」

「本心よ」

「ふざけんなよ。予想つくよ。おまえ、字、上手いもんな。ワープロで打ってから、手書きで清書したんじゃねえの」

「私は、カズとは違うよ。でも、へえ、あんたが知ってるってことは、城山先生、言ったんだ。心動かしちゃったみたいね」

「な、訳ないだろ。大人しくしてなさいよ。どうせ、うちでやることに決まるんだから。森下くんの奥さんは達筆だねって誉められただけ。残念でした」

本当にむかつく男だ。ま、昔から仕事の時は、こうだけど。私が、腹を立てて電話を切ろうとすると、彼は言った。

「怒んなよ。あ、おれのカフスボタンどこにしまった？　ほら、ジャンセンの銀のやつ。この間、捜しに戻ったら見つからなくてさ」

私は、教えた。ついうっかり妻になってしまう自分が情けない。

「あ、それからさ、坂上成生《さかがみ》って、誰？　その時、電話かかって来たんだけど。若い男の声みたいだった」

そんなの知ってる。

「またかけますってさ。あれ、誰？」

「友達」

一浩は、尋ね返すこともなく電話を切った。そうか、と私は思った。成生は、一浩と話したのか。どのような気分だっただろう。対抗する相手の声を偶然耳にしてしまうのは。私は、しばらくそのことに思いを巡らせていたが、忙しさにまぎれて、やがて忘れた。思い出したのは、次に成生に会った時だ。

「この間、夜、夏美のところに電話したんだ。そしたら、男の人が出た」

「うん、聞いたよ。その日、作家の人と食事した後、お酒飲んでたから」

「しまった、と思って、適当に話して切ったんだけど、その後さ……」

成生が口ごもるので、傷付いたのかなあと私は申し訳ない気分になった。

「その後、どうしたの？　嫌な感じした？」

「全然。ただ……」

「ただ？」

「なんか、胸苦しくなっちゃってさ。どうしたんだろう、具合悪いなって思ってたんだけど、気が付いた」

「何に？」

成生は、私の問いに答えようとして吹き出した。すると、止まらなくなったらしく、床に引っくり返って笑い出した。私は、怪訝《けげん》な表情を浮かべて、その様子をながめていた。

「何よ、何がおかしいのよ」

「おかしいよ」

「何に気付いたのよ」

彼は、顔を上げて私を見た。笑い過ぎたのか、瞳が潤んでいた。

「これって、恋じゃん。おれ、恋してるんだぜ。おもしれー」

そう言って、また、ひとしきり笑うのだった。そうか、おもしれえか。恋が、おもしろいなんて、そりゃ初耳だ。

f

成生は、私の仕事に関する話を聞くのが好きだった。彼が読む本は、食文化や料理に関する随筆と翻訳されたミステリーに限られていて、それらをサバイバルのための実用書と呼んでいた。私が担当する本は、まったく違う種類のものであったので、彼は、初めての世界に引き込まれたかのように、興味深い様子で、私の話に耳を傾けていた。私は嬉しくなった。私の周囲では、日本の小説について語ることが、あまりにも日常茶飯事であったので、自分の話の内容に素朴な好奇心を向けられるのは、新鮮なことだった。私は、文学やら出版界やらに関するこぼれ話を、何も知らない彼にも理解出来るように言葉を選んだ。すると、それらは、どんどん簡素になって行き、私は、自分のいる世界が、自分の思っている程には複雑でないことに気付くのだった。

ある時、私の話の途中で、彼が言った。

「話聞いてると、文学って役に立たないもんなんだね」

話をさせておいて、そういう言い方もないだろう、と私は少し腹を立てた。

「あなたの好きな料理のレシピとは違うのよ」

「おれ料理のレシピ自体が好きな訳じゃないんだけどさ、レシピに載ってるエストラゴンとかナツメグとかベイリーフとかみたい。夏美の作ってるもんって。どこにでも売ってる訳じゃないけど、入れなくたって食えるけど、使ったらうめえじゃん」

うーん。解っているんだか、いないんだか。ベイリーフって、月桂樹《げっけいじゅ》の葉っぱのことだよね。オリンピックとかのマラソンレースの優勝者の頭に載っけるやつよね。時々、ミートソースなんかに入ってることもあるわね。王冠と肉料理用？　文学って、それなの？

「成生って、ほんと、料理が好きだね」

「好きなの、別に料理だけじゃないよ。おれ、口から始まるものが全部好きなの」

食べること、喋ること、キスをすること。私も好きだ。成生は、私に顔を寄せて口づけた。まるで、私が思ったことが通じたみたい。

「口って、大事だろ」

「うん」

確かに色々なことに有効。沢山の意味あるものが出たり入ったりする。でも、私たちのつながりは、別に口から始められた訳じゃない。

「即物的な人ね」

「おれのこと？　意味解んない」

「いいの。そこが好き」

成生は、訳が解らない、という顔をしている。私は、彼の肩に寄り掛って目を閉じる。自分のまわりの説明しがたい抽象的なものが、きちんとした形になってここにある。そんな気がする。彼の肩の骨は、私の頭を載せるのにぴったりだ。私は、いつのまにか、眠りに落ちていた。

目が覚めると、私の頭は、胡坐《あぐら》をかいた成生の太腿の上にあった。慌てて起き上がろうとすると、彼は、私の頬に手を当てて優しく押し戻した。

「寝てていいよ。夏美、昨夜、仕事で徹夜だったって言ってたじゃん。おれの膝枕でお休みなさい、なーんて、おれ、女に膝枕してやんの初めて」

こういうのも膝枕って呼ぶのだろうか。固くて高い位置にあり過ぎる。後で、首筋が痛くなりそう。膝枕は、どうやら女の子の持ち物らしい。腕枕が男の子の持ち物であるように。

「今度、お返しに、成生に腕枕してあげようか」

「サンキュ、でも、そんなに腕たくましかったっけか」

私は、眠りの怠《だる》さの残りを心地良い気分で味わいながら、彼のジーンズに頬をこすり付けた。インディゴ・ブルーって、本当に素敵な色だ。

成生は、ずっと同じ姿勢で本を読んでいた。私が持って来た文芸雑誌だ。見上げると、開かれた本の間から、文字を追う彼の瞳が見える。

「おもしろい？　それ」

「うん。おれの知らない世界。この人、有名なの？　夏美の出版社のじゃないね」

「新人賞を取ったばかりの人だよ。彼、成生より年は少し上だったと思う。私、ねらってるの」

成生は、本から視線を外して、私を見降した。

「ねらってるって？」

「担当したいってことよ。彼の本、作りたいの」

言った瞬間、私は、三日前の夜を思い出して、腹立たしさのあまりに飛び起きた。

「担当すりゃいいじゃん」

「担当になるってことと、本を出すとこまで行き着くかってのは別なことなのよ。百人の作家を担当したからって、百冊本が出せるかって言ったらそうじゃないの。どんなに素晴しい作家の担当になったからって、一枚の原稿ももらえなかったら、それでおしまい」

「へえ、作家と同じように編集者も人気稼業なんだ」

呑気な奴。私は筋違いだと思いながら、成生の言葉を忌々しく感じた。それは、正しくもあり、間違ってもいる。まだ、どこの編集者とも信頼関係を築いていない新人作家をものにするには、こちらの実績も人気もアピールの材料にはならない。デビュー作を出した出版社から、あることないこと吹き込まれているだろうから、その勘違いを払拭《ふっしょく》することから始めなくてはならない。うんざりするのは、今回の場合、それが、一浩の会社だからなのだ。

三日前の夜、私は、時田さんと後輩の小池といういつものメンバーで食事をしていた。御茶ノ水にあるベトナム料理店でのことだった。ここは、フランス風に洗練されたプレイトで繊細な料理を楽しませてくれる。テーブルの間隔が広いので、安心して「ここだけの話」をしたい私たちにはうってつけのレストランだった。その日も、私たちは、それぞれの新しい恋の話に夢中になっていた。

「小池くんは、女の子とはつき合ったことない訳?」

「ありますよお、一応、それなりに。でも、苦痛でしたよ。馬鹿みたいだけど、世間体なんてもんを考えたりして。でも、自分には嘘つけないですよね、やっぱり。もう開き直って、男ひと筋で行くことに決めたら楽になりました」

「男はいいよね、夏ちゃん」

「男によりますけどね」

私たちは、生春巻を突つきながら、社内の嫌な男の名前を並べ上げていた。小池が、ふと箸を止めて、入って来た客達の方を見た。

「夏美さん、今、向こうのテーブルに着いたの、お宅のだんなさんじゃないですか？」

私が答える前に、時田さんが声をひそめて言った。

「森下たちといるあの若い男の子、この間、あそこの新人賞を取った永山翔平《ながやましょうへい》でしょ？」

「そうみたいですね」

スーツ姿の一浩や彼の上司に囲まれて、永山翔平は心もとない様子だった。小池が、さほど興味なさそうに、レタスで春巻をくるみながら言った。

「期待の新人とか言われてどんな子かと思ってたら、あんまり可愛くなーい」

「小説書いてる奴で可愛いのなんていないって。あんたも出版社にいるんだから、そのくらい知ってるでしょ」

「だから編集じゃなくて、営業やってるんですってば。あーん、ぼく、時田さんちの息子みたいのが良い。卒業したら、うちに来るなんてことないですかね」

「駄目ね、あいつは勉強できないから。それに、秀美は超女好きだよ」

二人の話を笑って聞き流しながら、私は、数日前に永山翔平に会った時のことを思い出していた。指定された吉祥寺のカフェに行くと、彼は既に片隅のテーブルに着き、ぼんやりと窓の外を見ていた。私は、そこに近付く前に、足を止めて彼に見とれた。いいじゃないか。そう思った。物を書く顔をしている。

「ねえ、夏ちゃん、永山くんに会いに行ったんでしょう？　どんな感じだった？」

「いい感じでしたよ。書きたくて書きたくて仕方がないのを必死に抑えてるって顔してましたもん」

「夏ちゃんの勘は当るからね。でも、下の子たちにまかせないで、どうしても自分で担当したいって思う程、作品自体は良いの？　私、まだ読んでないんだけど」

「はい」

小池が、再び一浩たちのテーブルに目をやって言った。

「でもさあ、夏美さん、あれ見てよ、まさに囲い込んでるって感じ。森下さんたち離さないんじゃないの？」

「あんな出来たての新人賞を取らせたぐらいで彼を思い通りにさせないわよ」

私の言葉に驚いたのか、時田さんは、スープにむせて咳込んだ。

「言うわねえ、あなたも。でも、それって、あなたたち夫婦の個人的な事情で張り合おうとしてるんじゃないでしょうね」

断じて、違う。私は、永山翔平の作品に一目惚れしたのだ。そう言えば、成生にも一目惚れしたけれども、それとは、まったく違う種類のもの。私は、彼の原稿を一番最初に読む幸福を他の人間に渡したくない。

「何て言うのかな。彼の作品を読んで、実際彼に会って、私の中の小説のために開けてある作業場が、また動き出したみたいな」

「恋にうつつを抜かしてると思ったら。それって、デザートは別腹とかいうのに似てない？」

「小池っちは、うるさいな」

私は、小池をふざけた調子でこづきながら自分で口にした言葉の意味を反芻《はんすう》した。心の中の作業場factory。私には、それがある。恋にうつつを抜かそうが、悲しみにうちひしがれようが、そこは、私に明かりを灯《とも》されるのを待っている。そして、ひとたび外の空気を吹き込んでやれば、すべてのパーツが作動する。あまりにも原始的な空間。だからこそ、誰も立ち寄らない。誰も立ち寄れない。そこでくり返される手作業は、職人の孤独を呼び寄せる。私は、そこで生かされている。そんなふうに思う。そういう場所を隠し持っていることが、幸福なのか不幸なのかは解らないけれども。

「うわ、永山翔平がこっちに歩いて来るわよ」

「夏美さんのだんなも後くっ付いて来た。ひゃー、不愉快そうな顔してる、こっわー」

永山翔平は、真っすぐに私の許に来て挨拶をした。私は、時田さんと小池を彼に紹介した。横で、一浩が憮然《ぶぜん》とした表情を浮かべて会釈した。

「永山くんが、どうしても澤野に挨拶したいと言うもんですから」

「まー、礼儀正しいのね」

一浩の言葉に、時田さんがわざとらしく驚いて見せた。私と目が合うと、永山翔平は、屈託のなさそうな笑みを浮かべて、お邪魔しましたとひと言残して自分のテーブルに戻って行った。後に残った一浩が、私の耳許に口を寄せた。

「誰も読まない老舗の文芸誌の新人賞に応募する程、彼もどん臭くなかったってことだね。きみが心配しなくても大丈夫だよ。放っておいても、彼にはブランドが後から付いて来る」

膝の上のナプキンを投げ付けてやりたい衝動に駆られた。これが手袋だったら、とっくにそうしてる。顔を怒りで赤く染めている私を無視して、彼は、時田さんに、話しかけた。

「久し振りにお目にかかれて嬉しかったです。この間の西条《さいじょう》さんの自選集、素晴しかったですよ。時田さんじゃなきゃ出来ないや、あんな仕事」

そう言うと、彼は、片手を上げて、私たちのテーブルを離れた。じゃ、澤野、またな、だって！

「えへへへ、誉められちゃった。いい奴じゃないの、森下って」

「そんなに簡単に喜ばないで下さい」

私の言葉の強い調子に、時田さんと小池は顔を見合わせた。

「夏美さん、マジで怒ってますねえ」

「いいわあ、マジな夫婦愛って」

途端に力が抜けて、再び食欲が湧いて来た。ええい、今日は太ってやる。私は、もう一品、料理を追加しようとメニューを頼んだ。それが三日前の夜。

成生は、起き上がって腹を立てていた私を興味深そうにながめていたが、何を思い出したのかを尋ねることはしなかった。ただ、膝を伸ばした自分の太腿にもう一度頭を載せて横になるよう促した。

「夏美、前に、おれに言ったろ。二人でいる時に、どうして二人だけのことを楽しめないのって」

そうでした。面目ない。

「ごめんね。せっかく、成生の膝枕は、私を幸せにしてくれてたのに」

成生は、私の髪を指で梳《す》いた。気持良い。まるで、彼のペットになったみたいだ。私は、すっかりくつろぎ始めていた。彼の囁《ささや》くような声が上から降って来た。

「楽しいお喋りをしてキスしよう。口がなきゃ生きて行けない人たちになろう」

本当だ。そうすべきだと思う。解った、と呟き、私は、目の前にある彼のジーンズのジッパーを降した。彼は飛び跳ねて、うわっ、そういうつもりでは、とか何とか言って慌てていた。でも、かまわない。少したてば、彼は、本当に、口がなくては生きて行けない人になる。

g

深夜に帰宅すると、一浩がいた。完全に閉め切っていないバスルームのドアから湯気が洩《も》れていた。水音と新聞を折りたたむ音が交互に聞こえて来た。あの朝刊、私がまだ読み終わっていないのに。私は、苛々しながらバスルームを覗いた。一浩は、新聞の紙面をながめたまま、バスタブの中から、お帰りと言った。

「今日、起きてから時間なくて、それ読めなかったんだから」

「あ、ほんと」

まったく。夫という人種は、いつだって新聞が自分のためにあると思っている。ついでに言えば、バスルームは自動的に掃除されているものだと思っているし、トイレットペーパーは永遠に途切れないと信じているのだ。でも、私は、自分だって働いているのに、なんてことは口にしない。正確に言えば、しなかった。私が彼に求めていたフェアな部分は、バスルームやトイレットなどとは無関係の場所に存在していたからだ。それに、日常生活をすみやかにこなす技術は私の方が上だ。皿洗いを手伝おうとする彼の姿を見て、涙ぐみたくなる程いとおしいと感じたのは過去の話。リモージュの皿を割られてからは、感謝の気持は薄れた。それでも、私は、彼から余りあるものを受け取っていると信じて、それに値する自分でありたいと思って来た。細々とした日常なんてどうだっていい。私が、ほんの少しそのために時間を割き、自分を後回しにする小さな気づかいさえあれば、何の支障もなく日々は滑らかに過ぎる。それだけのこと。しかし、それだけのことが、今は素直に出来ない。勝手に帰って来て、新聞を濡《ぬ》らす彼をとんでもない奴だと思う。

「ナツも入んなよ。これ読みたいんだろ。ぼくの読んでる裏側で良かったら、お読み下さい」

「なんで、私が、裏の紙面から読まなくちゃなんない訳?」

彼は、それには答えず、感心したように言った。

「おまえんとこってさ、きちんと広告うってるよなあ。派手じゃないけどさ、さすがって感じ」

予想外のことを言われて、私は、もじもじした。ずるいじゃないか、そんなフェイント。彼は、新聞から顔を上げて私を見た。

「入んないの？」

「入る。入れば良いんでしょ」

私は、服を脱ぎ、バスタブに飛び込んだ。お湯が溢れて音を立てた。気持良い。ずるいなあ、この男は、と思う。バスルームとキッチンの湯気には抵抗出来ない私の習性を熟知している。

社会面に、不倫関係のもつれから夫が妻を刺し殺すという事件が載っていた。小さな記事であったのに目を止めてしまったのは、私がその種のことに過敏になっていたから？　いいえ、違う。その記事の下に、私の大好きなミュージシャンの訃報《ふほう》が載っていたからだ。

「ねえ、カズ、ここ読んだ？」

「あ、そのラッパー、おまえ好きだったよね」

「そうじゃないってば。いや、それも重要なんだけど、その上の不倫の」

「読んだよ。でも、不倫って言葉使わないでもらえる？　おれ、大嫌い、その言葉」

私だって、実は嫌いだ。でも、便宜上、使う。誰だって、もう、この言葉に深い意味なんて与えていない。配偶者のいる男女が恋人を作った時の図式を総称しているだけに過ぎない。

「倫理にあらずって誰が決めるんだよ。馬鹿馬鹿しい」

「カズ、あんたの場合は、私が決めたよ。悪いけど、私は、そう決めさせてもらったよ。あんたのやり方は、私の倫理にあらず、なの」

一浩は、折りたたんだ新聞の向こう側から私を見た。

「ごめん。ナツには、その言葉、使う権利ある。でも、おれの言うこと解るだろう？」

当り前だ。口惜しいことに、そういう価値観は共通しているのだ。他人の生活に審判を下すのは、私たちの趣味じゃない。出来るのは、感じたことを話すだけ。

「ナツのこと傷付けたのは解ってる。でも、どうにも出来ない。黙ってりゃ良かったとは思わない。残酷だったかもしれないけど、おれ、おまえにだけは秘密を持てない。深刻さも持ち込めない。でも、ふざけてる訳じゃないんだよ」

「その冬子って人に、私とお風呂入ったなんてこと言うつもり？」

「言わないよ。彼女に対しては秘密を持つことに、罪悪感を感じないんだ。彼女との間で、ナツの話、出たことない。言わないことで思いやってる」

「まさか、私には、言うことが思いやり、だなんて思ってるんじゃないでしょうね」

一浩は答えなかった。答えなくても、彼がそう思っているのは解った。要するに、だ。私と彼女は、まるで違う女なのだ。彼から、まったく違う態度を引き出す程に異っている。

「ナツは、男、出来た？　いないの？」

「……いないよ」

嘘をついた。言わないのではなく、嘘をついたのだ、と私はいたたまれなくなった。一浩と成生は、どこも似ていない。全然違う男だ。それなのに、私は同じ接し方を選んだ。語らない、ということを。

一浩は、ほっとしたように溜息をついた。

「よかった……」

その言葉を聞いて、彼にそう思わせることが出来て、私の方こそ良かったと感じた。一浩に、私を失わせたくない。そして、私は、成生を失いたくはない。

一浩がバスルームを出て行った後、私は、ひとりバスタブにつかり、長いこと考えていた。夫って何だろう。一番自分に馴染んだ他人。ひとりきりになる恐怖をとりあえず先延ばしにする保証guarantee。けれど、何故、結婚だけがそう思わせるのか。恋人との関係に保証なんて、ない。友人関係にもない。明日壊れてしまうかもしれない。だから細心の注意を払う。自分を好きになってもらおうと願う。そして、少しばかり疲れる。

元は、と言えば、紙切れ一枚。けれど、それが人を安心させるのは、その一枚が、雑多な人間関係の湿布薬の役目を果すからだ。それなのに、何故、安心は安らぎを通り越して行くのか。気が付くと湿布薬は乾いている。もう自分の体にも心にも何も染み込まない、と知った時に、それは、本当に、ただの紙切れになる。でも、そうなる前に、どうすれば良いのだろう。誰も教えてくれない。保証と思い込んだものが、良くも悪くも姿を変えて行くあやふやなものだったなんて。

「ナツ、大丈夫?」

一浩が、ドアから顔を出した。

「うん」

「のぼせてぶっ倒れてるのかと思ってさ」

私は、笑って、すぐに出るからと言った。彼は、私が長いこと湯舟につかっていると、いつも、そう尋ねる。私も、彼に対して同じことをする。本当に倒れているのではないか、と心配している訳ではない。私たちは、小さな気づかいを習慣としている。誰も知らないところに二人だけのマナーがある。それは、あまりにも自然なために、ほとんど日常に埋もれている。そうさせてしまうのが、結婚という保証の為せる業? 私たちは優しさという作法を熟知している。本当は、一番重要な部分で礼儀を欠いているというのに。

バスローブを羽織って居間に行くと、Tシャツとジーンズに着替えた一浩がビールを飲んでいた。私が寝椅子《カウチ》に腰を降ろすと、彼は、冷蔵庫から出して来たコロナを差し出した。

「ナツ、久し振りにチェスでもやんない?」

私は、不審人物をながめるように、一浩を見た。

「なんで、チェスなの?」

「だって、深夜に家の中で、ドッジボールやバドミントンは出来ないだろ?」

「何なの? それ。私は、いまだかつてあんたとは、ドッジボールもバドミントンもやったことはないよ」

「からむなよ。すごーくやりたくなってさ。おれの相手になるの、ナツぐらいしかいないもん」

それは本当だ。一浩は、昔からチェスが好きで、そして強い。中学時代はクラブに入っていて、フィッシャー一浩と呼ばれていたと自慢していた。間抜けなプロレスラーみたいな呼び名だが、チェスの神様、ボビー・フィッシャーから来ていると言う。恋人同士になり、デートの場所が街中から部屋に移る頃、私は、彼から手ほどきを受けた。恋の相手とチェスをする、というあまり一般的ではない場面に自分がいることは、私の気に入った。恋人とは違う特別な恋をしているような気がした。これが、将棋だったら、この男にたらし込まれなかったかも、と思うと、つくづく口惜しい。ロマンスには、やはり、王手よりチェックだろう。そんなこと考えて悦に入っていたために、すごーくやりたくなってさ、なんて今言われてる。セックスではなく、チェスを、だ。

私は、チェス盤を出して来た。一浩は、当然のように、自分の側に黒い駒《こま》を並べて、終わると、私を目で促した。私はいつも白、そして、ファーストムーブ。こういう時の二人のルールは、いつもしっかり守られるのに。

「なんだって、今夜はここに来て私と過ごそうなんて気になったのよ」

「ここ、まだおれんちでしょ？」

「そりゃ、半分家賃払ってもらってるしね」

「そういう問題じゃなくてさ。おれ、ここ必要だもん。ここがあると思うと、気分落ち着く。ナツ、勝手に解約して引っ越ししたりするなよ」

「何、その言い方」

「いや、引っ越したりしないで下さい」

しないよ。私は心の中で呟いた。私にだって、ここが必要なのだ。部屋自体に執着している訳ではない。一浩の帰りを待ちわびている訳でもない。私たち二人には、ここを失ってはならない理由があるように思う。それがどういうものなのかは、はっきりと説明出来ないけれども。

「彼女にもチェス教えてやれば良いじゃん」

「本当にそう思う？」

「まさか。あんたのレベルに、今から始めて追い付ける訳ないじゃん」

本当は、私は、彼女に与えたくないのだ。こなれた空間の中での集中のひとときを。見詰め合わずとも、どこかで許し合える術を授けて来た二人の時の流れの特権を。

「あの子は、男との間に、このチェス盤の距離すら置けない子なんだ。そういう子とは勝負なんて出来ないよ」

じゃ、しなきゃいい。私だってしないよ。その女と。勝負。

「チェック」

私の言葉に慌てて、一浩は自分の駒をうろつかせた後、置いた。

「メイト」

「えっ、嘘だろ？」

「チェックメイト。女にかまけてるから腕、落ちたんじゃないの？」

舌打ちが聞こえた。ざまあみろ。私だって男にかまけてる。けれど、ゲームには、いつだって真剣だ。

h

もう夜更けだ。眠っているに決まっているじゃないか。そう思いながらも、私の足は成生の部屋に向かっている。ここのところ、私の中の何かが、あの部屋で、人質hostageにされている。大通りでタクシーを降り、細い路地をいくたびか曲がる。彼と出会わなければ、こんな道、永遠に歩くこともなかっただろう。そう考えるとおかしい。男の部屋に通い始めることは、記憶に新たなマップを刻むこと。ランドマークは、ライトで浮かび上がる巨大なコカ・コーラの看板。真夜中の美食家のための高級スーパーマーケット。公衆電話。深夜にワインが調達出来る酒屋。あそこの家には吠《ほ》える犬。私にしか使えない情報がファイルされて行く。

今夜のお土産《みやげ》は、ワイングラス。リーデルのシャルドネ用だ。この道を通る時、私は、いつも何かを手にぶら下げている。駅ビルで買ったキャベツメンチのこともあれば、外国の料理の本のこともある。もちろん、時には、シャンペン。あるいは、お気に入りのCD。まるで一貫性のない貢ぎ物リスト。ただ共通しているのは、私の存在を押し付けない物たちであること。あの部屋は、いかにも男物だと思う。男物を少しばかり借りている。そんな気分を壊さないようなものばかり、私は選んでいる。完璧な居心地の良さを手に入れてしまわないように。手作りの夜食なんか死んでも持って行かないだろうし、甘いラブソングのCDも聴きたくない。コルトレーンは置きっぱなしにしているけれど、自分のために買ったミニー・リパートンのベスト盤なんて、バッグから出しもしなかった。あ、でも、あのコルトレーンのCDに入っている曲は、確か、「至上の愛」だっけ。ま、いいか、言葉なしだし。

成生は起きていた。酒のつまみにパズルをしていたら寝つかれなくなった、と言った。それに、もしかしたら来るんじゃないかと思って、と言い訳してシンクで冷やしてある白ワインを目で指した。超能力者かも。でも、どちらが？ 私が？ それとも、あなたが？ 彼は、私の差し出したワイングラスの包みを笑いながら開いた後、怪訝な表情を浮かべた。

「なんで、三つなの？」

私は、もじもじした。私にだって解らない。ペアのワイングラスが、この部屋に常備されるなんて、何だか、すごく恥しい。

「えーと、それは予備です」

「嘘だ。確かに、簡単に割れちゃいそうなグラスだけど、それは嘘だ」

彼は、そう言って、グラスを二つだけ洗った。

「おれ、夏美とお茶飲むために、夫婦《めおと》茶碗買った」

「嘘!?」

「嘘です」

私が栓を抜いたワインを彼がグラスに注いだ。ワインの金色が、外側に浮かんだ水滴でたちまちぼやける。私は、窓際のクリップライトにグラスをかざした。彼が、その様子を見て溜息をついた。

「綺麗だな」

「でしょ? グラスによって、お酒って、本当に美しくなる」

「おれが言ったのは、あなたのこと」

自分の頬が赤くなったのが解った。間接照明の薄暗さの中で、彼がそれに気付かないことを祈った。

「でも、変な女だ」

「何それ。どうしてよ」

「不思議なポイントで照れるんだもん。おれが知っている女たちと全然違う。夏美は、おれが出会った唯一の意表をつく女。わざと変わった女の子ぶるのって多いけどさ、夏美は、そうじゃないもんな。あなたって男みたいだ。でも、そう思うと、色々な態度が、全然不思議じゃなく感じられる」

「男みたいで悪かったわね」

私は、少し拗ねた。彼は、私の手にしていたグラスを取り上げ、床に置いた。

「でも、女だ」

彼は言って、私の顔にかかる長い前髪を掻き上げた。

「だから、余計に引き立つ」

何が、とは私は尋ねなかった。そうする前に、彼は、わたしの体を引き寄せて口づけていた。その瞬間、床のグラスが倒れて割れた。私は、慌てて唇を離して、はかない欠片《かけら》を見詰めた。すると、彼は、その視線を遮《さえぎ》るかのように、私の肩を抱いた。そして、抵抗しようとする私の耳許で、くすくす笑いながら囁いた。

「こういう不測の事態のために予備があるんだろ？」

そうかもしれない、と思った。二人の間で、口づけは、いつも不測の事態。そして、永遠にそうでありたい、と感じた。彼の肩越しに、もうひとつのグラスが見えた。ライトが反射して、私は眩《まぶ》しさに目を細めた。

「グラスのお礼に、おれ、何をあげたらいい？」

「何もいらないよ」

「そういう女に、男は色々なものをあげたくなるんだって」

私は、ふと涙ぐみそうになった。私の欲しいものは、全てここにあるような気がする。それと同時に、ここには何もないのかもしれない、とも思う。床に倒れるだけで割れてしまうグラス。それを、私たちは、今、惜しいとも感じない。その内、その欠片をいつくしむ日が来るのだろうか。

「夏美、もしかして、今、泣いてる？」

「ううん、どうして？」

彼は、私を抱き締めたまま、ゆっくりと髪を撫《な》でていた。

「滅多に泣きそうにもない奴が泣こうとする時って、空気が湿るから」

笑い出そうとしたが、上手く出来なかった。この人、天気予報より正確。私は、自分が何故、泣きそうになっているのかを考えようとした。感傷的になっている訳ではない。寂しかった訳でもない。もちろん、悲しみの出番なんてない。

「おれ、今、すげえ幸せ」

「成生は、いつもそう言うね」

「そう？　だって、会いたいと思ったら、その会いたかった人が来るんだもん。それも、すごい確率で願いかなってる。おれから会いには行けないじゃん。それなのに、こんなに会えてる。それって、おれが会いたいと思う分だけ、夏美もおれに会いたいからでしょ？」

そうなのだ。私たちは、今、好きの分量が同じなのだ。男と女の関係で、こんなこと滅多にない。あっても一瞬、もしくは錯覚。朝が来て、私がこの部屋を出て行く時、もしかしたら、あらゆることが変わっているかもしれない。私は恐がっている。そして、不安になっている。彼に抱かれて腕の中で、それらの感情は、私の涙腺《るいせん》を刺激する。

「夏美、今、何考えてるの？」

「私、色々なもの、良く失くして来たなあって」

「泣く程、惜しいもの？」

「そうかもしれない」

「その失くして来たもの、全部、おれがあげる」

私は、彼のTシャツに鼻をこすり付けた。大分前、妻以外の恋人の存在が発覚した俳優が、どこかのワイドショウで言っていた。不倫は文化だって。私たちの今していることって不倫？　だとしたら、文化なんかより、はるかにいいもんじゃないか。

「ごめんな、グラス割っちゃって」

「いいよ、そんなこと。常軌を逸してたんでしょ？」

「常軌を逸する、かあ。なんか、まるで、おれたちのためにある言葉。待てないんだもんな。でも、ちゃんと待とう。ちゃんと、自分をじらしてあげよう。残りのワインを飲もうよ」

私は吹き出して、成生の腕から抜け出した。割れたグラスの破片を片付けている間に、彼は、新しいグラスを洗って持って来た。

「唯一あるおれの部屋の女の形跡。ペアグラス」

割れないように大切に使おう。私は、柄にもなく心の内で呟いた。彼の素足が床を踏む。私は、それを傷付けたくないと思い、慎重に小さな破片をつまみ上げた。きらきらしてる。やはり、泣きたくなる程、美しい。

i

その日、出社した私は局長に呼ばれた。ことづけに来た山内の言葉に顔を上げると、フロアの一番はしのデスクから、彼が手を振っている。早い時間から元気な人だと思う。しかし、長い一日の始まりに、こういう上司と話せるのは嬉しい。元気が出る。自分の元気をコントロールするのが、実は、仕事をする上で一番重要なのだ。そのタイミングがずれると、他愛もない雑事に心を配り過ぎ、ミスの許されない筈の仕事をおろそかにすることになる。時田さんなどを見ていると、いつも、あっぱれだと思う。集中力の持って行き方が訓練されているかのように、ぴたりと決まるのだ。日頃、男の話ばかりしているのにな。私もまだまだだなあと思う。山内に声をかけられるまで、成生のことを考えて、ぼおっとしていたのだもの。

局長の藤井さんの許に行くと、彼は開口一番に言った。

「で、どうなの？　永山翔平は。やってもらえそう？」

「三作目ぐらいまでは、あちらで書くのが決まっています。それで一冊の本にするんじゃないでしょうか」

「いいねえ、中編で力を付けてもらって、二冊目は、うちで書き下しと行きますか」

「そのつもりで話をしました。実は、今日も夕方会う予定なんです」

藤井さんは、無言で、ばんざいのポーズをした。まだ早いんだってば。私が呆気に取られて見詰めていると、急に恥しそうな表情になり咳払いをした。

「澤野くんも一緒に、ばんざいしてくれると思ったのに」

「OKをもらった訳じゃないんですから。あちらの会社も、いきなりうちが書き下しの話を持ちかけてると知ったら良い顔しないでしょうから、時間をかけて話をして行くつもりです」

「担当、お宅のだんな？」

「直接は違いますけど、単行本の方は、そうなると思います」

「やだなあ。そうなると、大野もくっついて来るんじゃない？　あいつしつこいんだよね。銀座の飲み屋で一緒になった時なんて最悪でさ」

藤井さんは、自分と大学の同期生だった一浩の上司の名を上げた。お互いに罵倒《ばとう》し合っているわりには、仲が良いので有名だ。

「森下くんたちが勘違いさせないと良いけどね。新人で、これだけ注目されてる子は久々だしね。大事にして欲しいよ。あそこって、ほら、くだらん金の使い方するじゃない？」

「永山くん、そんな馬鹿じゃないと思いますけど」

藤井さんは愉快でたまらないという表情を浮かべて私を見た。

「澤野くんが使えるものは何？　まだどうなるか解らない新人に、うちはそんなに金使えないよ」

私が憮然としていると、藤井さんは引き出しから棒付きのキャンディを出して舐《な》め始めた。禁煙中の彼は、いつも何かを口の中に入れている。

「誠意、なんて言うなよ。誠意なんて、経験と勘に裏打ちされてなきゃ仕事には結び付かないんだからな」

確かにその通りだ。その通りだけど、何も飴を舐めながら、私に即答させることないじゃないか。こういう時、この人を無邪気を装った老獪《ろうかい》なおやじだと思う。私は、冷汗をかいた。昨夜の酒が残っているのかも。

「答えられない？」

「いえ、私に使えるのは……私に使えるのは、言葉です」

「何!? 相手は作家だぞ、夏美ちゃん」

「はい。ですから、作家が自分自身のためには使えない言葉、つまり口説き文句です」

藤井さんは、無表情のまま引き出しから、キャンディをもうひとつ取り、私に差し出した。

「はい。御褒美。口説き文句のためなら経費使って良いからね。ついでにぼくも使って良いからね。そろそろふぐの季節だもんね。さ来週あたり赤坂の大友、予約しといてね」

時田さんが、私を呼びに来たことで、ようやく解放された。藤井さんは、彼女の、私も御一緒しますからという言葉に肩をすくめていた。

「夏ちゃん、お疲れさん。上手いこと切り抜けてたじゃない。あの人も目を付けた作家に関してはしつこいからね。大野さんのことなんか言えないわよ。それにしてもさ、あんなに甘いもんばっか食べてたら、その内、肺癌にならなくても糖尿病にはなるわね」

時田さんは、そう言いながら、午後の会議に必要なコピーを、私に渡した。

「そう言えば、編集者って、皆、しつこいですよね」

時田さんは、私の言葉に吹き出した。

「しつこい、イコール、情熱よ。もっとも、これも藤井さんの言葉を借りれば、経験と勘があってこそのもんだけどね」

なんだか自信が失くなって来た。表情から、それを見抜いたのか、時田さんは元気付けるように、私の肩を叩いた。

「夏ちゃん。恋人に向けるのと正反対の種類の情熱を持ってごらん。夕方、打ち合わせでしょ？　がんばって」

時田さんの後ろ姿を、ぼんやりとながめていると、いつのまにか隣に立っていた山内が溜息をついた。

「いいなあ、時田さん。男いいんのかなあ」

「いなかったとしても、あんたに出番なんてないから安心してよ」

肩により掛かり泣き真似をする山内をあやしながら、私は、いつまでも彼女の言葉の意味について考えていた。

新宿のホテルのティルームは、仕事帰りの人々で混んでいた。私は、永山翔平を目で捜した。所用で新宿まで出ると言う彼に合わせて、ここを選んだのだが、これでは落ち着いて話が出来ない、と気付いて、私は舌打ちをした。第一、人が多過ぎるのと、バータイム用に落とした照明のせいで彼が見つからない。入口に立ち尽くしていると、案内係が、待ち合わせか否かを尋ねた。答えようと横を向いた視線の先に、永山翔平がいた。笑っていた。

「いたんなら声をかけてくれたって良いじゃないですか」

「ごめんなさい」

永山は、深々と頭を下げた。私は、その大仰な謝り方に慌てた。

「止めてよ。私が、叱ってるみたいじゃない」

「澤野さん、ぼく、上のバーの方が良いんですけど。あ、金ないから、御馳走してくれるならの話ですが」

当然、私には異存はなかった。夕暮れのお酒は、彼の気分をくつろがせることだろう。そこをねらって話を切り出し……嫌だなあ。私ったら、酔わせてOLを口説こうとしてるサラリーマンみたいだよ。私は、エレベーターの中でひとり赤面した。

「ここの上のバー、素敵ですよ。前から客として行ってみたいと思ってたんだ」

「客として？」

「ぼく、このホテルで働いてたことあるんですよ。客室係ですけど」

バーには、外国人のビジネスマンのグループしかいなかった。私たちは、隅のテーブルに腰を降ろして、飲み物を頼んだ。トニック・ウォーターを頼んだ永山に、私は尋ねた。

「お酒、飲んでも良いんですよ。遠慮しているんですか？」

「ぼく飲めないんです」

グラスワインを先に頼んでしまった私は、もじもじした。

「でも、飲んでる人を見るのは好きですから、ぼくに気を使わないで下さい」

私がくつろがせたかったのは、実は、自分自身の気分なのだと、その時、気付いた。私は、年下の新人作家を前に緊張している！　今まで、何人もの作家たちと向い合い、最も緊張すべき人たちの前でも、それを見せずにどうにか切り抜けて来たというのに。リラックスしながらも真剣になるという極意を少なからず習得して来たつもりであったのに。

「編集者の人って、ずい分、お酒飲みますよね。森下さんも、すごく強いんでびっくりした。ぼく、澤野さんと森下さんが御夫婦だなんて、御茶ノ水のレストランで会った時も知りませんでした」

「仕事は仕事で別なんです、私たち」

「へえ、でも、そういや、お二人、似てるとこあるよな、なんて、後で聞いて思ったんですけど」

「え!?　どこが!?」

私は思わず大きな声を出した。離れたテーブルにいた外国人客のひとりが、ちらりとこちらを見た。永山は、おどけた表情を浮かべて、人差し指を自分の唇に当てた。

「そう言われるの、嫌なんですか？」

「嫌ってことないけど。私たち、お互い、別々な道を行ってると思ってるから。まあ、時々、ばったり出会ったりする訳だけど」

「いいなあ。全然、違う道を歩いているのに出会う夫婦なんて。じゃ、森下さんと澤野さんは、いつも交差点で再会しているんですね」

永山は、さも感心したように言った。私は、そんな受け取り方もあるのか、と驚いていた。再会している？　交差点 intersection で？　確かにそうとも言えるが、その交差点では、張り合ったり、怒り合ったり、許し合ったり、再会の感慨に浸る暇などない程、忙しい。でも、嬉しくないか、楽しくないか、と尋ねられれば、言葉に詰まる。私は、一浩が憎らしい。それなのに、そう感じる同じ分量だけ、彼がいて良かったと思う。ちぇっ。仕方ないな、カズ、あんたには、愛すべき天敵という役割を進呈しよう。

「私と森下は確かに夫婦だけど、永山くんは、そんなこと気を使う必要はないんです」

「じゃ、澤野さんも、ぼくに敬語なんか使わないで下さい」

「それ、どういう話のつながりようなのか解らないけど、そう望むんならいいわ。でも、私たち、お友達同士じゃないのよ」

「知ってます。あなたは、ぼくに、小説を書かせようとしている。そうでしょ？　森下さんのとこより、良いもの書かせてあげられるのよ。そう、ぼくに伝えたいんでしょ？」

「私は、あなたのデビュー作を読んで、強烈な欲望を感じた。それだけよ」

永山は、私の目を見詰めた。その瞳の強い印象は、私をたじろがせる程であったが、やがて、そこに、狡猾《こうかつ》な色が滲んだ。

「あなたは、その言葉を、たとえば、五十冊、本を出している作家にも言いますか？」

こいつ、と私は思った。何だよ、何でだよ。何だって、こんなにも、私をやる気にさせるんだよ。

j

新刊のパブリシティの打ち合わせをして編集部に戻ると、山内が机に伏していた。通り掛った隣の席の後輩の女の子に尋ねると、彼女は、高名な女性の作家の名前をあげた。呼び出されて、相当嫌味を言われたらしい。言われやすいんだよな、山内みたいな奴って。皆、これ見よがしに不貞腐れている彼を無視して、自分たちの仕事のために忙しく立ち働いている。私も、しばらく片付けるべきことに熱中した後、ふと思い出して彼の机の方に目をやった。まだ伏せている。仕様がないなあ。同期のよしみだ、慰めてやるか。私は彼に近寄り声をかけた。

「やーまちゃん、まだ拗ねてんの？」

返事はなかった。

「山内くん、さっさと立ち直りなさいよ」

「ふん」

「ふんって何よ、ふんって」

「放っといてくれないかな、どうせ澤野になんか、解りっこないんだからさ」

「あのさあ、ちょっとしくじったくらいで、めそめそすんの止めたら？　泣くんだったら、女らしくトイレで泣いたらどうかね」

山内は、私の言葉に腹を立てたらしく、立ち上がり、足音を響かせて廊下に出て行った。本当にトイレに泣きに行ったりして。私は、同僚の落ち込みを観察しようと後を付いて行った。地下の軽食堂に降りる階段で、彼はいきなり振り返った。

「何で付いてくんだよ」

「別に。ウーロン茶買いに来ただけだよ」

「いいなあ。好きな作家だけ選んで担当出来てる奴は気楽で」

彼は、皮肉たっぷりの口調で言った。私は不愉快にはならなかった。それどころか、そんなふうに見てくれてありがとうと言いたい気分。私にだって、すべて投げ出してしまいたい時だってある。でも、彼みたいに机につっ伏してアピールしたりなんかしない。第一、髪の毛が乱れるじゃないか。机の上の紙や筆記用具にまみれて、出勤前に洗ったばかりの髪を乱したりしないというのが、私の矜持《きょうじ》だ。

私が何も言わずに、自動販売機で買って来た飲み物を渡すと、彼は、それを受け取り、階段に腰を降ろした。

「ごめん、やつあたりして」

「うん、いいよ。でも、私、好きな作家だけ選んでるんじゃないよ。そんなこと、出来る訳ないじゃん」

「解ってる。そんなの解ってるんだけどさ、目立つんだよなあ、澤野って。好きな作家と良い仕事してるってのが。ほら、ぺこぺこして、社交やってりゃ原稿もらえると思ってる編集者も時にはいるし、編集者なんて絶対服従とか思ってる作家もいるじゃない。そういうのにたまに出会っちゃったりすると、やんなっちゃってさ。何年この仕事やってても、慣れない。大人気《おとなげ》ないよね」

「えー、楽しいじゃん、それ」

「楽しいかあ？」

「楽しいよ。大人気ない人たちに囲まれて、自分も大人気ない立場を貫けるなんてさ」

「澤野って、すっげえ呑気」

そうじゃない。もしもそれを呑気と呼ぶなら、私の使う意味とは違う。私は、ただ、いつでも驚きに出会えるこの自分のいる世界が気に入っているのだ。こんなにも理不尽で、こんなにも臆面《おくめん》もなく、複雑でありながら他愛なく、格式ばっているくせに合理的、上下のしきたりを重んじて、本当のところは下剋上《げこくじょう》。高尚に見せかけた下世話。下品を装った品格。蓋《ふた》を開けてみるまで、何が出て来るか解らないびっくり箱Jack-in-the-box。後ずさりするか、飛び付くか、私は、いつもそこに賭《か》けている。私は、たぶん、飛び付く速度が、少しばかり早いのだ。そして、抱き締める力が、強いのだ。

永山翔平が、私に言った。

「ぼくは、注目されたいと思っています」

私は、およそ目立ちたがり屋とは正反対な雰囲気を持つ彼から、そんな言葉を聞かされて、とまどった。

「永山くん、あなたは、もう注目されているのよ」

「ぼくの言ってるのは、久々に出現した大型新人とか、若さに似合わない成熟した才能とか、そんな注目のされ方じゃない。たとえば、大家と呼ばれる老作家がいる。その人は、明日、死んでしまうかもしれない。じじいだもの。ぼくは若い。でも、その若造のぼくだって、もしかしたら、明日、死んでしまうかもしれない。そうしたら、今日という日は同等だ。ぼくは、その今日という日に、一番注目されたい。ぼくは、そうされるものを書きたいんです」

かなり生意気なことを言っているくせに、彼の口調は穏やかで、ゆったりとした着古したセーターにくるまれたたたずまいは、ほとんどシックに見える。生意気と洗練は、普通、相容《あいい》れないものだけど。

「ぼく、あなたが好きです」

唐突な永山の言葉に、私は、呆気に取られて、口に含んだワインにむせた。

「あなたは、とりあえず、今日、ぼくに注目してくれてる。明日が今日になったら、その時も、そうしてくれるんでしょ？ それ、ずっと続けてもらうには、今、書いてるやつ、手抜けない。二作目、絶対、手抜きしませんから」

うーん、はからずも、私は、一浩のところで書く受賞第一作に貢献してしまったみたいだ。どうして、こうなる。あいつって、昔から漁夫の利な男だったような気がする。私は、目の前の男の子に好きだと言われ、しかし、その成果は、何よりも先に一浩のもの。まあ、それを言ったからといって、ありがたく思う奴ではないけれど。

「それって、二冊目は、うちで書くっていう意思表示なの？」

「さあ」と言って、永山は、照れ臭そうな笑みを浮かべた。

「本当のところ、ぼくには、あまり自信がないんです。でも、欲望を持たれるのは悪くないな。それが、ぼくの書くものに対してだなんて、女の人の口から聞いたの初めてだ。その気にさせる小説、少しは成功したのかと思うと、嬉しくてたまんないや」

頬を赤くしている。この屈託のない若者らしさと自分の価値を知り尽くしたような不遜《ふそん》な態度、どちらが本物？　私、またもや、びっくり箱を開けてしまったみたい。

山内の飲み終わった缶をつぶす音を聞いて、私は我に返った。

「澤野、ありがとな」

「何が？」

「慰めようとして付いて来てくれたんだろ」

「違うよ。ただ見に来たんだよ。落ち込んでる奴、見ると、ここまでひどくならないぞって、元気でるじゃん」

「……ほんと、森下、どうやって、この女相手にしてんのか、いつも不思議に思うよ。あいつ以外、澤野を思い通りに出来る男、いないと思うよ」

いるよ。向いの郵便局に。カウンターの上のポスタルスケールで、他人のコミュニケイションの分量を計ってるよ。ついでに、私の分も計ってくれる。腕の中で。そして、同じ量を返してくれる。唇のスタンプ。キスの消印。わーい。明日は会えるぞ。何を着て行こうか。どこから始めようか。

「私、山内と話してる場合じゃなかったんだ。明日は、週末だぜ」

山内は、突然の私の浮かれように不気味な表情を浮かべて後ずさった。

「週末に浮かれんのって、二十代で終わんない？　普通」

「二十代だもん」

「何を今さら。ぼくに年をごまかしても始まらないでしょうよ」

私のことではないのであるが。私は、笑いながら階段を駆け上がった。階段駆け上がるのも二十代までなんだぞ、という山内の声が後ろから聞こえた。そうなの？　でも、誰がそんなことを決めたの？　私は、大人気のなさを楽しみ尽くせる程に、大人なんだ。

仕事に戻った時、私の息は弾んでいた。運動でもして来たのか、と尋ねられた。成生に出会って以来、そう言えば、私は、いつも運動しているような気がする。それも、無意識の内に。いつのまにか心搏数《しんぱく》が上がる。体が熱くなる。汗をかく。酸素を沢山取り入れている。一浩は、どうなんだろうと、ふと思う。彼の息も弾んでいるのだろうか。結婚して、とうに忘れてしまっていた呼吸のし方を取り戻したりしているんだろうか。口惜しいけど、私には、もう責められない。息を吹き返すと世界は変わる。横断歩道の向こうには彼がいる。そう思うと、信号は、まるでストップウォッチのように、たったの数秒すら無駄にせずに、心に甘さを刻み込む。寒くなろうとする季節。本当は、寒さなんか大嫌い。それなのに、吐く息の白さが好ましくなる。どうせ、暖くなれる場所が自分を待っている。そこでは、コートよりも心地良いものが、やがて体を包んでくれる。カシミアの上等を知っている一浩のような男も、その価値に降参してしまったのだろうか。

k

　向学心なんていう言葉は笑っちゃう。それは、知り尽くしてはいないものに向ける意欲。その言葉を思いついた時、私は赤面した。あまりにもだいそれている。だって、私が、知りたい、知って増やして行きたいのは、たったひとりの人に関する知識knowledge。テネシー・ウィリアムスを原書で読もうと思いついて辞書を開いた高校時代に比べると、ずい分と堕落したものだ。

　もの心ついて以来、沢山の人に関する知識を増やして来た。それらは、年を経るごとに上へ上へと積み重ねられて階段を作る。私は、出会いをくり返しながら、無造作にそこを登る。すると、新しい知識が、私を待ち受ける。足許には、もう使われなくなった出会い。そして、新たに出番を待つ知識。色々あったよな、なんて、この年齢にして溜息。でも、この溜息なしには、私は、成生と出会えなかったように思う。単に会うことは出来た筈。それまでだって、彼は、あの郵便局のカウンターに確かにいたのだ。

あるひとりの男が、特別な存在として視界に入り込んで来る瞬間。それは、私が、新しいものを得る瞬間でもある。何かに、お膳立て《ぜんだ》された、と私は感じる。今の自分を形作って来た数多くの何かがひとつになって、私の瞳を開かせた。たとえば、今よりもずい分若かった頃の私が、今の成生に会ったとしても、彼を特別な人として見詰めることなどなかっただろう。会うことは偶然。けれども、必然が出会いを作る。私が三十五歳であり、彼が二十五歳であったからこそ、二人は同時に求め合ったのだと思う。

休日の遅い午後、私たちは、良く歩いた。ようやく暖まった地面が、その熱を失いかける頃には、長い散歩が体に汗をかかせている。私たちは、手をつないだり、向かい合ったり、時には、ふざけて、突き飛ばしたりをくり返した。意味がないというのが良かった。ただ二人で歩くだけ。目的を持たない散歩が贅沢に思えた。何だ、私って、案外安上がりな女じゃないか。そう心の中で呟くと、おかしくなって来た。こみ上げる笑いをこらえていると、成生が尋ねた。

「嬉しそうじゃん。おれといると、そんなに幸せ?」

「うん」

言ってから、うわあ、何だって、こんなにも臆面なくなれるんだろ、と恥入った。でも、気にするもんか。見てる人なんていない。でも、こういう笑いって、もしかしたら人前でセックスするよりも格好悪いような気がする。

「やだなー、私としたことが。たかが男の子と手をつないで歩くだけで、有頂天になってるよ」

「たかがおれと手をつないで歩くだけで、有頂天になる女がいるなんて、悪くないなー」

「私たちの会話ってさ、他の人が聞いたら、いい加減にしろって感じだろうね」

「他の人って？」

私は、成生を見上げた。笑っていなかった。

「おれたち、他の人の前に出ることなんて、この先、あるの？」

私は、何と答えて良いのか解らず下を向いた。しょんぼりするって、こういう気分かも。子供の時以来忘れてた。大人は、悄然《しょうぜん》としたり、自己憐憫《れんびん》に浸ったりはするものの、しょんぼりするのは避けたいと思う。いや、思っていた、つもりだったのだが。

成生は、私の肩を抱いて再び歩き始めた。

「行けるところまで行ってみよう」

「え!?」

彼は、途端にしょんぼりから抜け出して目を輝かせた私を見て苦笑した。

「そこの道だよ。下北の駅の方に出るんじゃないのかなあ」

なあんだ。元々、どうということのない言葉に意味を持たせてしまうのは、私の癖だけど、成生と一緒にいると、ことさらそうなってしまう。困ったな、こんなこと続いて行く訳がないと思いつつも、どうにも出来ない。言葉だけではない。たとえば、目の前には、日没の後に残された紫色が空を染めている。遠くの並木道の木々の枝が、それを背景に黒々としたペン画を描く。ごくありふれた初冬の夕暮れ。けれども、成生の吐く白い息の覆いは、私の瞳に一枚のアートを映す。私の目の前でしか開かれない個展。

「恋って仕様もないものだと思うよ、私は」

「格好悪いよな」

「成生もそう思う?」

「うん。だって、主人公のつもりになっちゃうんだぜ。柄でもないのにさ。美しい夕暮れの中で、せつない思いを抱えているおれ、なあんてね、あ、涙、出て来た」

そう言って、成生は、笑いながら泣き真似をするのだった。考えてみれば、恋愛小説の主人公は、いつだってその気だ。照れることを知らない。私たちは照れる。けれど、そうしながらも、主人公の役を降りない。

「成生といると、見慣れないものばかりが目の前に広がっているのに気付くの。本当は、何度も目にしたものばかりなのに、驚いちゃうよ」

「夏美って、何だってそんなに素直なの？」

「何それ？　馬鹿にしてんの？」

「そうじゃないよ。この間、おれの友達に、十歳年上の女とつき合ってるって言ったら、すっげえびっくりされちゃってさ。どうやって話合わせんの、とか聞かれちゃって。だって、あいつらからしたら、十個年上なんて言ったら、すげえ大人のいい女か、おばさんかしかいないじゃん。夏美がどっちでもないってこと説明するのに苦労した」

「じゃ、私って何なのよ」

成生は、前を開けたままのダッフルコートの中に私を導いた。狭くて熱くて息が詰まりそう。

「無理あるよお、こん中にいるの」

「うるさい」

「何、その言い方。で、私って何なのよ」

「うーん、眼鏡みたいな感じ？」

「眼鏡!?」

「そう。おれ専用。それかけないと見えない」

「かけると何が見えるの？」

「さっき、夏美が言ってたようなもの」

やっぱり、この男の子も、主人公になっている。主人公にしか見られないものを見ようとしている。

「夏美」彼は、小さな声で私を呼んだ。私は、彼のコートに閉じ込められたまま、くぐもった声で返事をした。

「おれ、すごく格好悪い」

私は、ようやく顔を上げた。彼ののどぼとけが目の前にあった。それが上下するさまをながめた。また知識。そんなものを私が観察しているとも知らずに、彼は続けた。

「おれ、女にかまけてる。夏美が帰った後、いつも、部屋で、ひとつひとつ思い出そうとするんだ。すごく甘い香り付けてたよな、とか。香水の名前なんか、全然詳しくないけど、どっかで同じ匂いを嗅《か》いだら、すぐに解るように覚えておこうと思ったり、てんぷら食う時の塩に抹茶を混ぜるのが好きって言ってたから、今度、そうやって食べさせてやろうと思ったり、すごく小さなことばかり思い出してあれこれ考えて時間つぶしてる。それが、すげえみっともないのに楽しくて仕方ないから、やんなる」

「大丈夫だよ。だって、じゃあ、私が起き抜けに飲むものは何でしょう。知ってる？」

成生は、困惑した表情を浮かべて、首を横に振った。

「ほうら、あなた、まだまだ私に関して知らないことといっぱいある。香水やてんぷらの塩程度なんて甘いね。私なんて、成生が必ずアイボリーの洗剤でお皿を洗うことも、冷凍庫にストリチナヤのウォッカの瓶を入れっぱなしにしてることも、肩に二つ黒子《ほくろ》があることも、トイレで読んでるローレンス・ブロックが半分で止まっているのも、私の耳にキスをするのが大好きなのも知ってるもん」

「……すげえ」

「でしょ？　どうだ、まいったか」

「うん。でも、ブロックは、もうとっくに読み終わってるよ。今、置きっぱなしになってるのは、ウォルター・モズリイだよ」

私は、彼のコートから抜け出して、こぶしで、彼の腹を軽く叩いた。こういう告白、やっぱり、照れる。本当は、口に出せないくらいに恥しいことも、ひとつひとつ記憶したいと思うのだが、そういう時、私は、いつも我を忘れてる。

「なんか、急に腹へって来た。おれの知ってる居酒屋に行こう」

「御馳走してくれるの？」

「うん。給料入ったから。でも、安いとこだよ。おれ、お姉さんと違って安月給の若者だから」

「お姉さんでとめてくれてありがとう。そうだよなあ、二十五かあ。二十五年も、私に出会わないで生きて来たなんて可哀相な人」

成生は、後ろから私を羽交《はが》い締めにして耳許で囁いた。

「夏美なんて、もっと可哀相じゃん。三十五年もおれに出会わなかったんだから」

二人で顔を見合わせた。またもや照れて吹き出したりするべきなのに、私たちは一瞬言葉を失った。どうしよう。私はうろたえた。彼も困っている。そう感じた瞬間、唇が降りて来た。私は、開き直った気分で、彼の背中に腕を回した。いいじゃない、主人公に身をやつしたって。夕暮れ。路上。キス。ハーレクインロマンスも呆れる程の陳腐。かまうもんか。恋が陳腐なのは、砂糖が甘いってのと同じ、永遠の真理なのだから。

しばらく、このままでいたい、と私は思う。他人には解らない眼鏡をかけた私たちの目に、姿を現わしたばかりの星空が滲む。起き抜けに私が飲むのは、カプチーノだということを、彼が知る日はいつだろう。

1

たまには、女とデートしようと思ってさ、と今日子が私の家にやって来たのは、仕事が年末の進行に入る前のぽっかりと空いた暇な夜のことだ。嵐の前の静けさの時期をねらうなんて、さすがに長いこと友達をやっているだけある。成生に会いに行きたいな、と思わないでもなかったが、時には、男より女友達を優先しとかないと、逆の立場になった時に恐いことになる。ぐれた女友達は手に負えないからね。それに、男に会いたくてたまらないのを、じっと我慢するのもおつ。まあ、大人の女の余裕ってやつですか。

「なんてのは、大嘘だよ。彼に会える夜が来たってのに、何だって、私は、この女の相手をしなくてはならないのか。ちぇーっ、ちぇーっ。その辺の小娘と違って、大人の自由時間は、案外少ないんだぞ」

今日子は、爪《つめ》にエナメルを塗る手を止めて、ちらりと私を見た。そして、一向に意に介さないかのように、再び続きをやり始めた。まあ、いいだろう。誰だって、ひとりでいたくない夜はある。男と別れたばかりであれば、なおさらだ。

「寂しくて寂しくて寂しくてたまらない時くらい一緒にいてくれたっていいじゃない。この私が、そんなこと言うの滅多にないんだから」

「その男、そんなに好きだったっけ」

「別に」

確か、それ程、長くつき合った訳でもなかった筈だ。私に、のろけ話を聞かせる間もなく終わってしまった関係だった。私が成生にかまけている間に、彼女は、さっさとひとつの恋に区切りをつけた。何という早技。けれども、それは、本当に恋だったの?

「恋なんかじゃないよ。とことん向き合った恋だったら、寂しくなんかならないよ。思いつきで衝動買いしたイヤリングを付ける前にどっかで落として来ちゃった気分なの」

「それは惜しい」

「惜しいと寂しいは似ているよ」

憮然とした表情を浮かべながら、今日子は、その後も、何度か、寂しい寂しいと呟くのだった。

「いいじゃん。イヤリング、他にも沢山持ってるんだから」

「手持ちじゃ嫌だ。いいなあ、ナツは。最高の男って、新しい男のことだよ」

解るような気もする。確かに、新しい男と馴染んだ男は、まるで違う種類の生き物だ。どちらが重要であるかというのは別にして。失えば、どちらの場合も、寂しい。急性か慢性かの違いはあるにせよ、好きになった後では、つらさを運ぶ。

「男に手入れされてる自分の体が、私は好きなのよ」

今日子は、風呂上がりの脚にローションを塗る私を見て言った。ふん、悪かったね。でも、私は、男のために自分で手入れした体も好きなのだ。当てのない自分磨きなんてものは、女性向け雑誌で微笑《ほほえ》んでいるいい女とやらにまかせておけば良い。私は、好きな手で触れられることを思うのが好きだ。それにしても、男に手入れされるって的を射たお言葉。気に入った。それは、もちろん、実際に手入れされることとは違う。好きな人に抱かれる幸せな肉体を手に入れるという意味を持つ。世の中、恋愛だけではないだろうという意見は正しい。しかし、恋愛抜きで良いというものでもないだろう。どんな高価な化粧品より、男の体は時に有効。一万円の美容液より、好きな男に吹きかけられる息の方が、保湿の才能に長けることもある。若さにはチープな化粧品が合うように、手に入りやすい恋も、また似合う。どちらも、惜し気もなくじゃぶじゃぶ使えば良いのだ。問題は、私たちだ。私たちの、今だ。お金に換算出来ない程の価値、なあんていう面倒臭い代物に目覚めてしまっているから始末に負えない。成金趣味で恋に踏み込めない私たちが選ぶのは、かなり偏屈な一見さんお断わりの世界。だから、男の息の種類を重要視する。だから、コインランドリーでの乾杯を極楽と思う。

「結構良い男だったのに。惜しい人を失くしました」

「なんでふられたの？」

「ふられた訳じゃないよ。お互いの合意の許だってば」

「合意って、くっつく時に使う言葉じゃないの？　認めなよ。今日子が、傲慢《ごうまん》で高飛車で、我ままで自分勝手な暴君だから去って行ったってさ」

「私は、自分の男には心優しい女だよ」

「ほー、それは知らなかった。じゃ、彼以外には優しくないってのばれたんじゃないの？」

「そうなのよ」

今日子は、溜息をつきながら、カモマイルのお茶を啜《すす》った。いつのまにか、爪が綺麗なパールに塗られている。

「仕事と恋のアンバランスを楽しもうとする我々の気持をちっとも解ろうとしなかった奴だったのさ」

我々？　私も仲間に入れられているようだ。でも、そうかもしれない。恋が上手く行っている時には仕事も上手く行く。けれど、仕事を上手く行かせようとすると、なかなか恋は上手く行かなくなる。そんな時、男はいいなって、ちょっぴり思う。あの人の仕事ぶりに惚れました、なんて、平気で女の子に言われてる。彼女の仕事ぶりに惚れました、なんて恋を仕掛けてくれる男なんて、ほとんどいない。仕事に対する厳しさを垣間見せると、少なからぬ男たちが後ずさりしてしまうのだ。上出来の仕事の具合を隠しながらつき合わなくてはならない男。そんなの疲れる。やはり、取り替えるべきだろう。けれど、乗りかけた船からそうそう簡単には降りられないのが人情というもの。で、いつのまにやら、心の痛みまで、その船に乗っけちゃう。

「話変わるけどさ、この間、森下にばったり会ったよ。銀座の映画館で」

「へえ、銀座？　カズにしては珍しい。あの人、単館上映のマニアックな作品が好みなのに」

「ひとりじゃなかったから」

「あ、そういうこと。で、何、観てたの？」

「ライフ・イズ・ビューティフル」

私は吹き出した。そのまま盛大に笑おうとしたのだが止めておいた。無理する必要がないからこその女友達との夜だ。私も、あれは観た。確かに感動的ではあるが、一浩は、あの種の感動が、あまり好きではなかった筈だ。

「と、いうことは、今日子も誰かとその映画を観ていたって訳ね」

「誰かって、あんた、彼に決まってるでしょうが。見逃してたって言うからさ。でも、私は二度目」

「まさか、その前の男と一度目を観たんじゃ」

「そうだよ。好きな男と観たいじゃん。だって、ライフ・イズ・ビューティフルだよ。感動して泣く自分を男に見せたいじゃない」

ナチスの収容所の中での生きる喜び、がテーマだった筈だが、結局、製作者たちの意図とは関係なく、けしからぬ理由で足を運ぶ観客もいるということだ。私なんて、ゲイの小池と観て、泣きじゃくる彼の肩を抱いてやっていたのに。一浩の奴。私は、だんだん腹立たしくなって来た。

「ナツには嘘つけないから言うけど、紹介してもらったよ。冬子さんて人」

「……どんな女の子だった？」

「彼女ひとりでいたら、べっつにーって感じなんだろうけど、森下と並んでたら、かなりいい感じの二人に見えた。叙情があった」

叙情 **lyricism**!? 私は、その言葉の意味を理解するのに、数秒をかけなくてはならなかった。久し振りに耳にする言葉。今時、小説の中でだって使われないんじゃないのか。それなのに、まったく文学的ではないくせに文芸編集者らしく振る舞っているあの図々しい男に、その言葉を当てはめるか、親友よ。

「カズに叙情だなんて、ちゃんちゃらおかしくって、おへそで茶をわかすわよ」

「……あのさ、ナツも編集者なんだから、そういう死語を使うの止めなよ。それに、あんただって、本当は解ってるんでしょ? 森下は、かなり叙情的な男だよ。本人が意識していない分だけ、他の誰よりもそういうとこあるよ」

本当は、言われなくても知っている。文学的だと意図されたものが、決して文学にはなれないように、叙情の存在すら知らないような男だからこそ、その味わいが漂って来ることを。自分だけがそれを知っている。そのことが、強烈な優越感を呼びさます。かつては、それが、私だけの特権だったのに。

私が突然しゃくり上げたので、今日子は、慌てて、私の背をさすった。

「泣くの? 吐くの?」

「吐く訳ないでしょ。酒も飲んでないのに」

「泣くの? 嘘!? 成生くんと幸せにやってるあんたが、なんで泣くのよ」

それとこれとは話が別だ。私は、今こそ、自分の夫をとられてしまったように感じている。描写力のある女友達が恨めしい。一浩の人生は、今、美しいの？　私と観た初めての映画は「ブルー・ベルベット」だったのに。切り落とされた耳で始まる映画だよ。なんだか解らないけど、口惜しいじゃないか。彼女になめられて、一浩と来たら可愛らしいじゃないか。

「やっぱ泣くの止めたわ」

「立直ったか」

馬鹿と叫んで、今日子にタオルを投げつけた。彼女は、笑いながら床に倒れ込んだ。いつのまにか、私と一浩の間には、泣かずにすむ距離が置かれていたのだった。悲しめない。憎めない。嫌いになれない。一浩は、いつのまにか、自身をそういう存在に仕立て上げて、私の前にいた。ずるいけど、あっぱれ。結婚生活は、人に知恵を付けるのか。だとしたら、私にも何かが授けられていると信じたい。

「映画の後、二人でどこに行くのか聞いた？」

「銀ブラとおっしゃってました」

「銀ブラ!?　何それ、いつの時代の言葉だよ」

「いいじゃなーい？　懐古的でさあ。森下のちょっと、プレッピー入った格好にぴったりの言葉だったよ。彼、ダッフルコート似合うね」

「私が選んだんだよ、くそっ」

今日子は起き上がり、私を落ち着かせるかのように肩に手を置いた。

「写実主義の私をどうか許してね。彼女はダッフルのポケットに手を入れたの。そしたら、とても自然な様子で、森下も同じようにして二人で手をつないだよ。そして、彼女は言いました。夜食に、木村屋のあんパン買ってかない？　すると、彼は、もじもじしながら、私をうかがい、あんパンも買いに行くけど、ちゃんとワインバーにも寄るから、と言い訳しました。何だろね、あれ。つじつま合わせたつもりかね」

世にも楽しいアンバランス。一浩に味わうな、とは言えない。小さな成生の部屋で、リーデルのワイングラスを唇に当てる時、私も同じことを、たぶん、思う。ダッフルコートか。一浩のものと成生のものでは、値段も質も大違いだろう。けれど、その違いに何の意味もないのを、ワインバーに立ち寄った一浩は良く知っている。そんな気がする。写実主義をありがとよ、と再び私にこづかれている目の前の女友達もまた、そのことを十分に知り尽くしているやんちゃな大人に違いない。

m

年末はどうするのか、と一浩から連絡が入ったのは、昨夜のことだ。まだ、ひと月も後のことなど解らない、と告げると、今日、会社にまで電話をかけて来た。毎年、年末と年始に分けて、横浜の彼の実家と私の立川の実家をはしごしていたのだが、今年は、どうやら予定を変えたいらしい。もちろん、地方出身の彼女を考えてのことだろう。結婚している男を恋人にした女は、クリスマスやら、お正月などの家族行事に絡む休日には、孤独のあまりに泣き暮らすか、寂しさのあまりに食べ続けて体重を増やすのが大昔から受けつがれて来たならいであったのに、ずい分と物解りの良い世の中になったものだ。あ、物解りの良いのは、私の夫だけかもしれないが。

「彼女の実家どこなのよ。帰らなくても良いの？」

「仙台なんだってさ。でも、帰っても居場所がないって言うんだ。結構、家庭環境、複雑みたいでさ。どういうふうにかって言うと……」

「あのさあ」私は、一浩の話を途中で遮って言った。

「悪いけど、仕事中に、あなたの彼女の事情を聞きたくないのね」

一浩は、その時、初めて私の仕事の邪魔をしていることに考えが及んだらしく、素直に謝った。まったく、ぼくらしくなかった、とか言っちゃって。本当に彼らしくない。こんなことで、会社に電話して来るなんて。

「はっきり言えばいいじゃん。彼女と年越しする予定だって」

「いや、まだ決めた訳じゃないんだ。忘年会続きで忘れちゃう前に、相談しておこうと思って……」

「いいよ、別に。その代わり、横浜には、カズから連絡しといてよ」

あっさりと告げる私に、彼の方が動揺しているようだった。私は、ただ、成生はどうするつもりなのだろうと思いつき、そちらの方が気になっただけだった。

「ナツ、ひとりで大丈夫なのか」

どうして、私がひとりだと思うかな。幸せを自分だけが手にしてしまったと思う男は、申し訳なさを漂わせて、優しい自分を証明しようとする。自分の男のために、私との約束を反古《ほご》にする時の今日子の態度と少し似ている。あいつも男か。

「ひとりで年越しそばでも食べながら、暗く恨み帳に、あんたの名前を書き込むことにするよ」

「立川に帰って、皆といなよ」

やなこった。どうして、私だけが、家族そろって紅白歌合戦を見なくてはならないのだ。私だけ、炬燵《こたつ》でだらける品行方正の良い子ちゃんにならなくてはいけない道理はない。私が、若い男と新年のカウントダウンする可能性について少しも考えないなんて、なんて鈍感な奴。女房妬く程、亭主もてもせず、なんて言葉があるけれど、亭主思う以上に、女房はもてるのである。

「ナツ」しばらく沈黙した後、彼は続けた。

「ごめんな」

意外にも、その声は、私の耳に悲しく響いた。どうして良いのか解らない気持が伝わって来て、私は、彼にもう少しで同情するところだった。それなのに、こんなふうに締めくくるなんて。

「この埋め合わせは、いつか、きっとするから」

私は、返事もせずに受話器を置いた。埋め合わせても、もう遅い。本当のことを言うと、一浩との年越しなんて、はなから期待していなかった。他の女に心を移した夫と無理矢理新年を迎えるのなら、ひとりでシャンペンでも開けた方がましだ。去年までの習慣を気づかいながら今年も守り通したら、どうなるか解っている。十二時に新年を迎え、二人は乾杯する。明けましておめでとうとぎこちなく微笑む。そして、不自然にはならない程の時刻、たとえば、十二時十八分とか、そのくらいを見計らって彼はトイレに立つ振りをして電話をかけに行く。そして、その相手に向かって、ようやく心から新しい年を祝福するのだ。彼が戻って来るまで、私は素知らぬ振りをする。再び私の前に腰を降ろした彼が落ち着くのを待つ。その後、今度は、私が同じことをするのだ。どこかで、私なしに新しい年を迎えている可愛い男のために。

「珍しいじゃない？　森下が私用で電話して来るなんて」

時田さんが空いていた隣の椅子に腰を降ろしながら言った。

「聞いてたんですか？」

「うん。夏ちゃんが、彼をカズって呼んでる時は私用でしょ？　なあに？　森下、年末、旅行にでも行くの？」

「どこに行くのかは知らないけど、連れがいるみたいですよ」

「本当？　ハワイでばったり会ったりしないといいなあ」

「ハワイ？　時田先輩、ハワイ行くんですか？　信じられない。あんな混んでる時期に。

芸能人じゃあるまいし。彼と一緒ですか？　そういう趣味の人なんですか？」

「父の趣味なのよ。死ぬまでに、憧《あこが》れのハワイ航路を経験したいってうるさくてさ。そしたら秀美も付いてくって言い出して、あの男たち二人だと何しでかすか解らないじゃない？　だから、私も行くことになって、それを言ったら、彼も行くって言い出して」

「お父さまと息子さんと恋人連れ……すごい。何だか良く解らないけど、すべてを満たしているような気がする」

時田さんは、はしゃぎながら、私の背中を叩いた。いつもながらすごい。この人には、孤独な年越しなど永遠に訪れないような気がする。

「夏ちゃん。かえって良かったじゃない。あの彼と二年越しのおつき合いすることになるかもよ。彼、たったひとりのために年賀状を配達することになるのね。しかも、新しい年の一番目に」

立ち去り際に残された時田さんの言葉は、私の胸を高鳴らせた。成生の都合が知りたくてたまらなくなった。彼も、そろそろ一年で一番忙しい時期に突入する。まさか大晦日《おおみそか》の夜にまで働くということはないだろう。私のためにその日を空けておいてくれるだろうか。近頃の私、まるで、彼のあやつり人形marionetteみたい。それも、自分からあやつられることを願っている。彼は、あやつることなど少しも欲していないと言うのに。

けれど、彼自身も気付いていないところで、彼の生活、彼の感情、彼の居場所などが、私の心の糸を引く。

夜中に電話で話していると、会いたくてたまらなくなる。なのに、彼は、平然とタンシチューの作り方なんかを私に講義している。同じようには感じていないのだ、と思うことは、私を少し傷付ける。それなのに、赤ワインを鍋に注いで、と言いかけて、しばし沈黙する。どうしたのかと私が尋ねようとすると、唐突に彼は言う。何だか、すごく会いたくなって来た。その瞬間、私は涙ぐみたいような気分になる。そして思うのだ。その言葉だけで、もう会わない夜に満足出来る、と。彼は、今、私の心を手に入れている。そして、私は、甘い不自由に酔いしれる。

成生の仕事が終わる時間を待ちかねて、私は、彼に電話をかけた。

「珍しいね。携帯嫌いで、ほとんど、この番号にかけて来ないのに。しかも、この時間。急用？」

尋ねられて、私は急に恥しくなった。別に、一刻を争う用事でもないのに、私は、彼が携帯電話を持っていたことに感謝しているのだ。私は、深呼吸して、三十一日の都合を聞いた。彼は、苦笑しているようだった。

「まだ先じゃん。それに、いいの？　人妻が家空けて」

「うん、まあ、それは別に、何とか」

「おれと一緒にいたいの？」

「うーん、まあ」

「いたいの？」

「いたい」

「サンキュ。おれも夏美と新しい年迎えたい」

私は、溜息をつき、その瞬間、頭の中に、あらゆる企画書を広げた。それなのに、彼は、こう続けて、私を落胆させるのだった。

「おれのばあちゃん、寝たきりなんだけどさ、やばいんだ。たぶん、大晦日も正月も最後になるから、一緒にいてやろうって、妹と話しててさ、ごめんね。その代わり、クリスマスは一緒に過ごそう。もし、夏美の都合つけばの話だけど」

クリスマス!?　私はクリスチャンじゃない。キリスト教徒でもないのに、クリスマスに浮かれる年齢は、とうの昔に過ぎた。私にとって重要なのは、とそこまで考えて、自分の身勝手さを恥じた。私は、駄々をこねようとしている!?　勝手に記念日を作ろうとして邪魔をされたことに、理不尽にも苛立っている。

「成生、今、私、すごく自己嫌悪に陥ってる」

「どうして？　ばあちゃんに負けたから？」

私が黙っていると、彼は吹き出した。

「何がおかしいの？」

「おれ、夏美といると、自分が年下だっていうハンデを全然感じなくてすむ」

なめられたなあ、と思いながらも、その言葉は、私を嬉しくさせる。そういう彼も、こちらが年上だというギャップを感じさせない。とりあえず、と私は思う。おばあちゃん思いの若者は、今時、稀有《けう》である。それが、私の恋人だなんて、まったく悪くないことだ。

週末の約束をして電話を切ると、受付から、永山翔平が来ているという連絡が入った。急いで下に降りて行くと、彼は、まるで友人を訪ねたような調子で片手を上げた。

「お茶でも飲みませんか。近くまで来たら、澤野さんの顔見たくなって」

受付の女の子たちの羨望《せんぼう》の視線が、私に集まるのが解った。私は、彼が、この業界では、どんなTVタレントよりも注目される存在であるのを、改めて感じた。

私たちは、会社の側にあるエスプレッソ・バーに入った。途中、郵便局を通り掛った際、中を覗いてみたが、成生の姿は、既になかった。

「なんか、今日、いつもの元気ないですね、澤野さん、何かありました？」

永山の質問に、私は、すらすらと答えていた。恋人と年を越せなくなったから、がっかりしてるなどという個人的な、普通だったら、親しい人にしか言えない恥しいことを平気で話している自分が不思議だった。

興味津々といった様子で私の話を聞いていた永山は、今、思いついた、というように指を鳴らした。そして、言った言葉に仰天して、私は、ようやく我に返った。彼は、自分のアイデアが得意でたまらないかのように目を輝かせて言った。

「じゃ、ぼくと一緒に過ごしませんか？」

n

　またもや局長の藤井さんに呼ばれて行くと、彼のデスクの上には発売されたばかりの文芸雑誌が開かれていた。ちらりと見ただけで、そのページに何が載っているのかが解った。永山翔平の第二作目だ。

「読んだ？」

「はい」

「すごいね」

「ええ。新人賞の受賞作より確実に上手くなってると思います。派手さは前作ほどはありませんけど、やっぱり彼の才能って久々のものだと……」

「ぼくが言ってるのは、これ担当してるきみの御主人。こんなに早く二作目書かせたの彼でしょう？　単行本になった時のバランスを既に考えてる感じだもん。この分だと、三作目が載るのもすぐなんじゃないの？　そしたら、最初の本出るのも早いよね。さて、ぼくは、澤野くんに何を言わんとしているでしょうか」

藤井さんは、例によってキャンディを舐めながら言った。いつもいつも、回りくどい物言いをする人だ、と私は苛立った。

「話はついてるの？」

「それに関しては、年末にじっくりと話をするために時間を取ってもらっています」

思わず口をついて出た言葉に、私自身が驚いた。まさか、永山翔平の誘いに乗るつもりじゃないでしょうね。いくら一浩にも成生にもふられたからといって、第三の男と、いや、男と言っても小説家だ、普通の人々と生活サイクルのずれた物書きと編集者の男女が、一晩じゅう二人きりでいたって何の不都合もない筈だ、むしろ昼間ずっと一緒にいる方が危ない場合もある訳だし、などと思いを巡らせていたら、藤井さんは机をとんとんと叩いた。我に返って見ると、彼は、不思議そうな表情を浮かべて私をながめていた。

「きみ自身の作って来た編集者マニュアルが通用しない男みたいだね、永山くん」

「元々、私には、マニュアルなんてありませんから。作家によって接し方は、すべて違うべきだと思ってますから」

「結構、結構、ぼく、夏美ちゃんのその気の強さが好きなんだよねえ。来年じゅうに、森下くんを悔しがらせてやんなさいよ。この間、西条さんのとこのゴルフコンペで大野の奴が優勝しやがって、腹が立つったらないよ、まったく……」

一浩の上司の悪口を散々聞かされながら、私は、この間、会社まで訪ねて来た永山翔平の言ったことを思い出していた。

「ぼくに書き下しをやらせようなんて、勇気あるな、まだ駆け出しだってのに。澤野さんは、自分の見る目に自信があるんだ。もしかしたら、ものすごい大間違いを犯してるかもしれませんよ」

そんなこと、思ってもいないくせに。自信に満ちた表情。その顔が歪《ゆが》むところを見てみたいものだ。うーん、高慢な女を口説き落とそうとしているおやじみたいなこの発想。成生と手をつないで、胸を高鳴らせている時の私とは別人になっている。いつも、一緒に仕事をしたいと思う作家と向かい合う時、私は、そうなる。恋愛の時とは違う欲望が体の内から湧いて来る。けれども、私の中のどこかで、きっとつながっているに違いない。眠りたいという欲と食べたいという欲が、まったく異なる種類であるにもかかわらず共存しているように。

「あ、そうだ。大晦日、伊豆でぼくの伯父が旅館やってるんですけど、そこに行きませんか。飯、うまいですよ」

「永山くん」私は、彼のあまりにも呑気な様子に呆れた。

「あなたが誘っているのは、クラブで出会った女の子じゃなくて編集者なのよ」

「でも、女の人だ。それとも、女性編集者を誘っちゃいけないって決まりがあるんですか？」

黙っていると、彼はテーブルに肘を突いたまま、からかうように私を見詰めた。生意気な奴。仕事で返してやる。後で泣き言、言うんじゃねえぞ。

「澤野さん、怒った顔してる。解った、もっと敬意を持てって思ってるんでしょ。仕事の出来る女の人って不思議だな。口説かれるのと、侮辱されるのが同じだと思ってるみたいだ」

「そんなこと思ってないわよ。私は、ただあなたに口説かれる気がないだけよ」

「それが小説に関することであってもですか？」

私は、思わず彼を見た。頭の中の何かが切り替えられたような気になった。

「あなたは、ぼくに書き下しの仕事を一緒にしようと口説いて来たのに、ぼくが同じことをする権利はないんですか？」

唐突に思い出した。藤井さんの前で、私は言った筈だ。自分に使えるのは、口説き文句だと。そして、私は、それを彼の作品のために使って来た。けれど、彼は、私にどうやって、それを使おうと言うの？

「二作目も読まないで、書き下しだなんて馬鹿にしてる。ちょっとばかり有名になった新人作家には、色々なところから誘いが来るっていうのは、もう解りました。作品なんて、ろくに読みもしないでインタビューに来る奴もいる。澤野さんには、もっとゆっくりぼくを評価してもらいたいんです」

「それと、大晦日を一緒に過ごすこととどういう関係があるの？」

「……それは、オプショナル・ツアーと言うか……」

彼の顔が見る間に赤く染まり、先程までの自信に溢れたような様子は消え失せた。ふふん、所詮、若者じゃないか。

「女性編集者を伊豆の旅館に誘ってはいけないとは言えないけど、あなたも言ったように、ちょっとばかり有名になった新人作家なんでしょ。もうちょっと、自分の立場を考えてみたらどう？」

「立場なんてくだらないや。有名なんてのもどうでも良い。ぼく、有名より悪名の方が好きですから」

悪名notoriousね。この小僧が、とは、何故か思えなかった。これが永山翔平でなく、ただの自意識過剰の駆け出しだったら、今頃、組んだ自分の指を、ぼきぼきと鳴らしているところだが。口惜しいことに、私は、既に彼の作品世界と、それを創り出す彼自身にぞっこんになってる。彼には才能がある。少なくとも編集者をその気にさせる才能が。

永山は、頬を赤く染めたまま下を向いていた。まるで、悪戯《いたずら》の無実を証明しようとして失敗した少年のように見えた。守ってあげたい、という思いが湧いて来て、そんな自分自身に、私は慌てた。

「二作目の構想は、もう立ってるの?」

私は、労るように尋ねた。

「もう書き終わりました。今月発売のやつに載る予定です」

「嘘!? マジ!?」

永山は、顔を上げて、呆れたように私を見た。

「そんな、その辺のねえちゃんみたいなリアクションしないで下さい」

「ごめん。あんまりびっくりして」

「一作目、応募した直後に書き始めてたんです。まさか、受賞出来ると思ってなかったんで。でも、自分でも早く書け過ぎたような気がして、あんまり自信ないんです」

「森下は何て言ってたの!?」

私は、その答えが知りたくて、彼をせかせた。何だかんだ言っても、こういう時に思い知る。私は、森下一浩という編集者の目を信じているのだと。

「森下さんは、受賞作よりずっと良い出来だって言ってくれたけど、本当かな。あの人、人をのせるの上手そうだもん」

「彼は、優秀な編集者よ」

「じゃ、信じて良いのかな」

私は、一浩を誉めながらも、彼の欠点を知ったように思い、意地悪な気分になった。誉め方が下手なんだよ、あんたは。妙に過剰か、言葉が足りないか。それが恋愛においては上手く働くだろうけど、おあいにくさま、作家相手には通じないね。

「ぼく、澤野さんの感想が早く聞きたいな。本当に書き下しをやる実力があるのかどうか、読んでからゆっくり判断して下さい」

「私の感想なんか聞く前に、絶対、やってやろうとかいう意欲はないの?」

「それは、あります。すごく、ある。でも、あまりにも広い家に入った時、どうやって振舞って良いのか解らなくなってしまうことあるでしょ? ひとりきりじゃ所在ないですよ。澤野さんが一緒に泊まってくれるとありがたいんだけどな」

真面目に言っているのかどうか。私は頭を抱え込みたくなった。そんな私の様子に気付いているのかいないのか、彼は思い出し笑いをしながら言うのだった。

「さっき、森下さんのこと優秀な編集者って言ったでしょ？　すごく仕事が出来る人って感じがした。でも、優秀な作家って、なんかへぼいですよね」

永山翔平とのそんなやり取りを思い出している内に、ようやく藤井さんの大野氏に関する噂話《うわき》が終わった。銀座のホステスと出来ているそうである。だから、何だ。私も、言いたいことを言う。

「あの、藤井さん、この間、口説き文句には経費を使っても良いっておっしゃいましたよねえ」

「何？　ふぐ？」

「いえ、それは、時田さんもいらっしゃる時に御一緒します。年末、出張したいんです。よろしいですか？」

怪訝な顔の藤井さんの返事を待つ前に、私は自分で勝手に許可していた。惚れてるんだもの、いいじゃない。まあ、その惚れたのが、男であって男でない代物であるというのは難儀だが。

O

特別な機会occasionalのための。飲み物はシャンペン。の、筈なのだが、私は、成生に出会って以来、ずい分とシャンペンばかり飲んでいる。と、いうことは、彼と会うのは、特別な機会のくり返し? 日常の習慣になっていないことだけは確かだ。それを思うと、心が浮き立つと同時に、少し悲しい。特別な機会は、何度も重ねられて行くと特別ではなくなる。この年齢になるとそれが解る。私は、恐がっている。永遠に続くものなどないと知っているから。

「グラスの泡を見詰めてもの思いに浸る美しい女、どこの誰かと思ったら、私の妻でした」

「うるさいなあ。人の感傷の邪魔しないでくれる?」

いつのまにか、横に一浩が立っていた。日比谷のホテルのパーティルーム。今日は、二人共担当している作家を囲む忘年会なのだ。

「どういう感傷に浸ってたんだよ」

うるさい。あんたに答える義務はない。そう心の中で呟きながら、私は、一浩をにらみつけた。仕立ての良い紺のスーツを着ている。今日のタイは趣味が良い。当り前だ。去年の誕生日に私が贈った物だもの。改めて全身をながめると格好の良い男じゃないか、と思う。グラスを手にして壁に寄り掛かる姿が様になる。でも、彼の啜っているシャンペンは、もう私の目には特別な飲み物には映らない。考えてみると、もう何年も前から、そうだったような気がする。最後に、彼と特別な機会を持ったのは、いつのことだったろう。彼の手にしたシャンペングラスが金色に輝いて見え、消えて行く泡が私をせつなくさせたのは。せつない!? いかん、この男に、そんなはかない言葉を当てはめては。こいつ、体、でかいもんな。チェスばっかやってたわりにはは。

「忘年会続きで疲れたよ。ナツも相当続いてるだろ?」

「そうでもないよ。私の担当してる作家たち、こういう大仰なの嫌いな人、多いから。でも、なんで皆、年を忘れたがるかね。年の暮れにならなくても、しょっ中、うさ晴らししてるのにさ」

「おれ、好きだな、年末行事」

そこまで言って、一浩は口をつぐんだ。年越しの話をむし返したくないのだろう。私も同じだ。まさか、成り行きで、永山翔平と過ごすかもしれなくなった、なんて言えない。知れたら、彼は激怒するだろう。妻が他の男と、その日を過ごす故の嫉妬からではなく、抜けがけした編集者に対する腹立ちから。

「今年、色々あったね」

私の言葉に、彼は、困惑しているようだった。皮肉を言ったつもりはなかったのに。

「今まで、何もなさ過ぎたのが不自然だったのかもしれないね。考えてみたら、私たち、ここ数年、自分たちのこと何も話して来なかったような気がする。共通の話題ばかり選んでて、自分について語らなかったじゃん」

「語ってたら、こうならなかったと、ナツは思うの?」

私は、首を横に振った。そうしていたとしても、やはり、同じ経過を辿ったに違いない。そういう時期に来ていた、としか言いようがない。何年も続く夫婦生活の中で、必ず訪れる出来事。それを隠し通して何もなかったような振りを続ける夫婦もいるだろう。でも、私たちは、露呈させることを選んだ。そのことによって、私が一浩を解放したように、私だって、彼に解放されたのだ。

「来年は良い年になると思う?」

「さあ。こんなこと言えた義理じゃないけど、ナツにとって良い年になりますようにって祈ってる。本当だよ」

知ってる。彼が、本当にそう思っているのが解る。そういう素直なところが好きで、そういう図々しいところが嫌いだ。何だか、私に似ているような気がする。似ていたから魅《ひ》かれ合ったのか、一緒に長い時を共有して来たから似て来たのか、いずれにせよ、その部分を重ね合わせながら、ここまで来た。捨て去るには惜しいと気付くのは、それが大事に扱われるべきであった壊れ物なのだと知った時である。

「おれ、離婚しない。したくない」

一浩が唐突に言った。少し離れた所で、作家を囲んだ人々が、誰かの冗談で大笑いしていた。誰も私たちに目を止めない。まさか、きわめて個人的な夫婦の会話が年を忘れるパーティの片隅で交わされているとは思っていないだろう。

「おれ、ナツと別れたら、彼女ともうまく行かないような気がする」

私は、驚いて彼を見上げた。途方に暮れたような表情。いつまでたっても迷子な奴。仕事の時の自信に満ちた様子が嘘みたいだ。こんな彼、私の他に誰が知ってる？　そう思うことが、私に不思議な優越感を抱かせて来た。かつては。

「私、手の平の上で男を遊ばせておいて平気な鈍臭い女じゃないよ」

「知ってる。だから、今、こんなこと、わざわざ口に出してる」

「カズ、ネクタイ曲ってる」

私は、通り掛りのウェイターの持っているトレイにグラスを置いて、彼の衿元《えりもと》に手をやった。

「夫婦でべたべたしてはいけないという法律を知らないね、きみたち」

私たちの様子を、知り合いの編集者が、すれ違いざまにからかった。一浩は頭を掻き、私は肩をすくめた。その瞬間に、思った。私たちは、二人同時に、照れているという演技をしたのだと。夫婦とは見られているものなのだ。共通の知人が、常にどこかで観客として存在している。私は舌打ちをした。心の離れかけた夫婦に、芝居の喜びはない。強烈に思った。今すぐ、成生のあの部屋に行きたい。小さな部屋に鍵《かぎ》をかけて、はしたない姿で抱き合いたい。

ある時、訳もなく成生の胸の中で泣いたことがある。その日、私の中の何かのバランスが崩れていたのだと思う。仕事のことだったのか、人間関係のことだったのかは、はっきりとは解らない。色々な感情が混じり合っていたと思う。ドアの隙間から、彼の顔が覗いた時、涙が溢れて来た。彼は、慌てて私を部屋の中に引き入れ抱き締めた。泣き止むまで背中を叩いてくれた。気持が落ち着くにしたがって、恥しくなって来た。彼に渡されたテイッシュペーパーで洟《はな》をかんだ後、私は言った。

「すげえ、みっともねえとか思ってるでしょ」

「うん」

成生の笑いをこらえたような表情を認めた途端、再び泣けて来た。彼は、ティッシュペーパーを、今度は、箱ごと差し出した。

「でも、なんか自慢したい気分でもある」

「何なのよ、それ」

「大人の女だと思ってるだろ、でも、おれの前じゃ違うんだぜ、ざまあみろ、みたいな」

大人の女なんかじゃない。一浩が大人の男じゃないように。演技する必要のない密室の中で、大人たちは、いつだって子供に戻る。問題は、その密室を用意してくれる人間が側にいてくれるかどうかだ。一浩は、もう私にそれを与えてくれない。そして、私も彼に与えてあげることが出来ない。その方法が解らない。何故なら、お互いのみっともなさを、私たちは、もう、いとおしがれないからだ。その姿に出会うのが、特別の機会ではなくなった時、私たちは、共有していた密室を失ったのだ。

「おれ、自分が原因じゃないことで、女に泣きつかれるの、結構好き」

成生だって、原因のはしっこに引っ掛かってるかもしれないよ。私は、そう思ったが、口に出しはしなかった。彼が、私の心を不安定にしているのは確かだ。ただそれは、結婚生活の間で、私が渇望していた不安定さであるけれど。

「夏美、クリスマス、一緒に過ごせそう？」

「うん、大丈夫だよ」

「出掛けると、どうせ、むかつくカップルばっかだろうから、ここで、パーティしよう」

私は吹き出した。

「私たちだって、十分、むかつくカップルじゃん」

「だから、人様にはお見せしないようにするんだろ」

雪が降ればいいな、と思った。雪の降る聖夜に暖かな部屋で恋人と過ごす。赤面しそうな様式美だが、かまうもんかい。望まれれば、ジングル・ベルでも、赤鼻のトナカイでも、もろびとこぞりてでも歌っちゃいたい気分だ。

「もろびとこぞりて、とか出て来るとこが、おれの彼女って、やっぱ、ばあさんだよな」

私は、腹を立てたふりをして、成生に飛び掛かった。はずみで床に倒れ込んだまま、私たちはいつまでも笑っていた。泣ける。そして、笑える。まるで、本当の子供のように。

「ナツ、クリスマスプレゼント何が良い？」

私は、何だ、まだいたのか、というように、一浩を見た。私の冷やかな視線に、彼は、ばつの悪そうな笑いを浮かべた。

「おっかねえ。決めといてよ。一緒に飯でも食おう」

「やだ。あんた、その冬ちゃんはいい訳？」

「クリスマス当日は平気なんだよ。彼女が重要視してるのは、イブなんだってさ」

くだらなーい。私は、自分が、ホワイトクリスマスを夢見たことも忘れて、そう呟いた。妻のいる男と恋愛してる女は、すぐ、イブに関して騒ぎ立てるんだから。夫のいる女と恋愛している男は、イブも当日もどっちも御所望しているよ。

「さあて、営業して来よっかなあ」

一浩が、そう言いながら、私の許を離れようとするので、言った。

「欲しいもんあったよ。クリスマスプレゼント」

彼は、振り返って目で問いかけた。

「永山翔平の原稿」

「ふざけんなよ、ばーか」

ふざけてねえよ。私は、心の中で舌を出しながら、一浩の後ろ姿を見送った。ここにいる男性編集者の中では、一番格好良いんじゃない？　そんなふうに思えるって、余裕？　それとも諦め？　もしかしたら、挑戦かも。

p

瓶の中にトリュフが二つ、六千円也。うっひゃー、たっかーい。誰が買うんだ、こんなもの。へへへ、それは、私です。誰も見ていないというのに、何故か胸を張り、私は瓶詰のトリュフをカートの籠《かご》に放り込んだ。今日は買いたいものを買う。食べてみたいものをすべて選ぶ。男に料理させたい食材を選ぶ至福が、私の許に訪れるなんて、神様、ありがとう。今日の神様は、たったひとりに限定されている。イエス様、お誕生日、おめでとう。二日がかりで祝ってあげよう。セブルーガのキャビア。アイスクリームのようにスプーンですくって食べる。生牡蠣《なまがき》だ。レモンを絞って啜り込みたい。あるいは、オーブンでさっと火を通しても。

私は、夢中になってスーパーマーケット中、カートを押して歩き回り、七面鳥の丸焼きの前で立ち止まった。七面鳥の横には、にわとり。何かが間違っているような気がする。

と、思った途端に我に返った。カートの中には収拾のつかない御馳走の元が山盛。それも御馳走になるべくして売られている解りやすい品物ばかり。一年の祝祭すべてを、今日と明日でこなしてしまうかのよう。カートに投げ込んだ平目の刺身が、店内の蛍光燈の明かりで青白く光るのを認めた瞬間、私は、虚《むな》しい気分に襲われた。私は、いったい、何を証明しようとしているのか。買う筈であったひとつひとつの商品を売り場に戻しながら思った。私は、最高の一夜というものを作り出そうとしている。彼が、私と共に過ごす日々の中の最も忘れがたいひとときを演出しようとしているのだ。まるで、この先、そんな日が訪れないだろうと予測しているかのように。来年のクリスマスを一緒に過ごす可能性なんて、私は、はなから考えちゃいないのだ。何故だろう。成生と毎年、同じ喜びを分かち合って行くなんて想像もつかない。目の前のとりあえず一週間、長くて一ヵ月、そのくらいの二人の未来についてなら思いを馳《は》せることは出来る。でも、それ以上、先のことなんて。考えられないのか、考えようとしたくないのか。解らない。でも、解る必要などないように思う。ただ懐しい感覚だけが、自分の内に蘇《よみがえ》っているのは確かだ。後先を考えることなく他人に対峙《たいじ》すること。その他人は、男。そもそも、そのことを恋と呼ぶのではなかったか。

買い物を終えて外に出ると、雪が降り始めていた。望んでいた通りのことになった。今まで、雪が降れば良いなんて思ったことあったかしら、と思い出そうとした。雨が降れば良いと願ったことはある。けれど、それは、雨のためにしなくてすむ気のすすまない行事を目前にした時だった。運動会、社会見学、遠足。どうして、私は遠足が嫌いだったのだろう。皆で同じものを見なくてはならなかったからかもしれない。大人の遠出は、ひとりで出来る。行きたくないために雨乞いをしていた子供だった私は、今、行きたい場所を思って雪を願う。調達したシャンペンやらワインの瓶が歩くたびに音を立てる。商店街に流れるクリスマスソングがそこに重なる。クリスマスって、こんなにも、心をわくわくさせるものだっけ。たぶん、今夜は、この先、私の記憶の中の所有物 **possession** になる。私の一部を永遠に支配し続ける。きっと。

成生の部屋には、既にシャンペンが冷やされていたが、クーラー代わりに、小さな魚を飼う水槽が使われていたのがおかしかった。

「夏になったら、縁日ですくった金魚を飼うんだ。夏美と行きたいな、浴衣《ゆかた》着て。ばあちゃんに良く連れてってもらったっけなあ、盆踊り」

「おばあちゃん、具合どうなの？」

「良くない。ま、ずっと良くなくて、それに慣れちゃってんだけどさ。寝たきりでも生きてて欲しいよ。おれんち、おふくろも親父も働いてたから、ばあちゃんに育てられたようなもんでさ。でも、仕方ないね。人は誰でも死ぬんだから」

私は、床に胡坐をかいて、シャンペンの栓を押さえる針金を緩めようとしている成生の横顔に見入っていた。彼は、私の視線に気付いて問いかけた。

「何？」

「ううん。今時の若者が、おばあちゃんへの思いを語るのは、なかなかしみじみとしたもんだなあって」

「変わんねえだろ、そういうのって、今も昔も」

そうだ。世の中がどんなに進んでも、変わらないことは沢山ある。けれど、先人の知恵って役に立たないんだな。こと恋愛に関しては。もしかしたら、知恵が役に立たない事柄が変わらずに続いて行くものなのだろうか。続いて行くから歴史は作られる。知恵が功を奏さなかったお馬鹿さんの歴史が。ま、私の恋愛をそこに当てはめるのも不遜極まりないことだけど。

私たちは、乾杯し、プレゼントを交換し合った。私は、彼に、またもやグラスを。彼は私にアンクレットをくれた。

「すげえ高そうなグラス。ウィスキー飲んだらうまそうだな」

「芸がなくてごめん。でも、それ、バカラのエキノックスっていうんだよ」

「エキノックスってどういう意味？」

「日本語で言うと、春分、秋分の日。昼と夜の長さが同じ日のことを英語でそう呼ぶの」

成生は、しばらくそのグラスを灯りにかざしてながめていた。そして笑った。

「二つじゃん。今日は、三つじゃないんだ」

私は、何かを言い返そうとして口ごもった。

「夏美、恥しがってるの？　変な女。二つでいいじゃん。無駄な抵抗止めたって感じでさ」

無駄な抵抗か。そうかもしれない。でも、もうしない。今は、二人で飲みたい。二人で食べたい。二人で寝たい。

「おれは、夏美にとって、夜？　それとも、昼？」

「たぶん、昼。成生は、私の元気の素だもん。じゃ、私は？　私はどっち」

「夏美は、おれの夜。すげえ、よこしまな気持にさせるから」

「私たちって夜と昼なの？」

成生は、私の問いには答えずに、料理を作るために台所に立った。私は、彼から贈られたアンクレットを、ソックスを脱いだ足首に付けてみた。銀だ。さらさらしてる。付けていても、冬の間は、人に見えない。成生以外の人には。

「すげえじゃん。何で、トリュフなんか買って来たの?」

「あ、それ返し忘れちゃって、まあ、いいかと」

「何だ、それ」

あらかじめ下ごしらえをしてあったのだろう。さまざまな料理が、クロスを敷いた床の上に、あっという間に並んだ。トリュフは、オムレツの具になっていた。

「床で食べるとピクニックみたいだね」

私は、そう言いながら、料理に舌鼓を打った。考えてみると、私は、机を必要としない人種をあまり知らない。私自身も机がなかったら生きて行けない。自分の周囲を文字化する必要のない人生って不思議だ。ワープロだって、パソコンだって、やはり、机は必要だろう。成生は、話す言葉を沢山持っているけれども、それを形にすることなど考えもしないのだ。贅沢って、もしかしたら、そういうことかもしれない。何だか、彼の方が文学的に思えて来る。言葉で悪戦苦闘している作家や私たちよりも。

食事を終えて、私たちは、雪の音を聞いた。音もなく降り続く雪、なんて嘘だ。だって、元は、水だもの。沈黙をはじくように音を立てて、雪は降り積もる。

「あ、冷凍庫にウォッカあったんだ。さっきもらったグラスで飲んでいい? 夏美も飲む?」

私は頷いた。

「成生、ほら、このアンクレット似合うでしょ？　ありがと。ずっと付けてる」

「おれ、夏美の足首、好き。特に、踝《くるぶし》んとこ。ブリオッシュみたいでうまそうじゃん」

「へえ、そうかい。じゃ、食ってみなよ」

私は、ふざけて、彼の前に足を差し出した。彼は、グラスを床に置き、代わりに、私の足首をつかんだ。そして、そこに巻かれた銀の鎖の具合を調べた。

「好きなものって、飾りたくなるんだね。おれ、女の子にアクセサリー買ってやったの初めてじゃないけどさ、足首にする物を思いついたのって生まれて初めて」

そう言いながら、私の足を自分の膝の上に降ろした。

「夏美と知り合ってから、初めてのこと、多いな」

私もそうだと告げようとしたのに、言葉にならなかった。自分の気持を説明する必要などないように感じていたのだ。成生は、霜の付いたグラスを口に運び、その酒の強さに身震いをした。

「冷たいのに、体が熱くなる」

私も勧められて、ひと口啜り、体を怠くして横になった。足の裏に触れている、彼の手が熱い。

「エキノックスかあ。ずっと、そうだといいな。夜と昼の分量が同じだといい」

足首の鎖が揺れるのを見た。私は成生の言葉を、ただ聞いていた。相槌すら打たない。

その時、私も確かに、机を必要としない人になっていたのだ。

9

新しい年の仕事は、マカデミアナッツのチョコレートを口に入れることから始まった。ハワイ帰りの時田さんのお土産だ。山内がコーヒーを啜りながら言った。

「こういう土産って、ほんと、義理の味がするよなあ。時田さんみたいな人でも、こんなもん買っちゃうって、ハワイって何なんだよ」

「義理人情の島なんじゃないの？　あんた、もう四つも食べてるくせに文句言うんじゃないわよ」

「その通りよ!!」

声に驚いて振り返ると、腕組みをした時田さんが立っていた。山内は、顔を真っ赤にして作り笑いを浮かべた。時田さんは、そんな彼の肩に手を置き、わざとらしく優しい声で言った。

「後輩たちを平等に扱おうとすると、どうしてもこういうお土産になっちゃうんだなあ。解ってもらえるかしら。この私の思いやり」

「悪しき平等主義ですね」

うっかり口に出した私は、思いきり背中をぶたれた。

「冗談ですよ。私、チョコレート好きですもん。すごーく嬉しいです」

「本当に感謝の気持を知らない子たちね。ま、浮かれてて、お土産買う時間もなかった私も悪かったわ。困った時のABCストアって状態だったから。ところで、夏ちゃんは、どうだったのよ。聞いたわよ。永山くんと一緒だったんでしょ？」

知らなかった山内は、呆気に取られた表情を浮かべて、私を見た。どうしてそういう顔するかな。永山翔平は作家だよ。そりゃあ、ミーティングにたっぷりと時間をかけたのは事実だけれど。

「書き下し、うちでやることになりました」

「やったじゃない」

嬉しそうな時田さんの様子を見ている内に、ようやく実感が湧いて来た。これから、じっくりとつき合って行くことになるのだ。あの不遜で繊細な人間と。

「で、どうやって、ＯＫさせたの？」

「まあ、温泉入って、お喋りしてただけと言えば、それだけなんですけど」

「それだけ？」

山内が探るように尋ねた。

「小説というものに畏《おそ》れを抱いている作家に対して、それ以外の方法はないよ」

そう、それ以外にはない。言葉には、言葉でしょ、やっぱ。私たちは、新しい年を迎えながら、まだ形作られていない物語に思いを馳せていた。新しい言葉など、もうどこにもない。けれど、新しい一文は、あらゆる所に身を潜めている。私と永山翔平は、二人にしか見つけられない宝探しに出掛けるような気持で語り合ったのだった。

永山の伯父がやっているという旅館は、簡素でありながら行き届いた心づかいに満ちていた。お忍びふうでもなく、宴会用でもない雰囲気が漂っていた。何て言うのかな。そうそう昔の文士が、ふらりと立ち寄りそうな。

「あ、昔は、作家の人たちも泊まりに来てたみたいですよ。皆、死んじゃった人だけど」

永山は、そう言って、何人かの名前をあげた。

「生きてるのは、永山くんだけ？」

私の問いに、彼は肩をすくめた。

「ぼくって、もう作家ですか？」

「まだそんなこと言ってるの？　往生際、悪いなあ。そういう逃げ道残したような言い方、良い加減に止めて観念しなさいよ。本当は、もう、とっくに書くことのとりこになっているくせに」

「へへへ、ま、どうぞ、おひとつ」

彼は、私のグラスに日本酒を注いだ。あ、この方、猪口《ちょこ》じゃ間に合わないから、湯呑みかグラス持って来て、と彼が頼んだのだ。それなのに、自分は、ほうじ茶なんかを啜っている。

「澤野さん、浴衣と丹前でコップ酒、すごく似合いますね。いいなあ。男前。惚れますよ」

「それは、おやじのようだと言ってる訳ね」

「紙一重」

ふん。別にかまわないのだ。私は、ここに着いて、彼の顔を見た瞬間から、女らしく振舞う必要が、まったくないように感じている。出迎えた表情から、彼も、私にそんなものを期待していないのが解った。ただし、私に再会した嬉しさで、笑み崩れていた。その瞳に出会った時、私は、自分たちの、男と女でもなく、男友達と女友達でもない、特別な関係が既に出来上がっていたのを悟った。

「今年は、ぼくにとって、特別な年だったなあ。マイナスのカードが、すべてプラスに引っくり返ったような感じ。ざまあみろって思ったんです」

「誰に対して？」

「過去の嫌いな自分に対して。ぼく、時々、すごく自分のこと嫌いになっちゃうんですよ。ほんとは、自分のこと、ものすごーく好きなんだけど、そんなに自分を愛してる自分自身に気付いて嫌になっちゃうって言うか。賞をもらった時、思ったんだ。もう、好きにも嫌いにもなれないぞって」

「受賞作を書いた時に、もうそう思ってたのかもしれないよ。覚悟が決まってるって感じ、私はしたけどなあ。作品の中で、あなたは、自分を少しもひいきしていなかったよ。ただ冷静に価値基準を提示していて、私は、そこに引き付けられたの。こいつ、この若さで何なんだって思った。ほら、あなたぐらいの年で書くと、平気で自分捜しやっちゃうじゃない？　本当の自分ってどこ？　って感じで。でも、あなたの場合は、もう自分は自分でしかないって開き直っているって言うか、そんな感じがしたのよ」

「もしかして、すごく誉められてる？」

「そのつもりだけど」

「ぼくの才能に惚れた、なんて言わないでね」

言わないよ。そんな陳腐なこと。才能なんて、そこにあるだけじゃ、ちっとも役に立たない。私は、それを駆使したものにしか興味ないのだ。

「才能に惚れたなんて言う人、いるんだ」

「いるよ。ちょろいよね。あ、でも、あなたのだんなさんは言わない。書かなきゃそれで終わりだぞって、いつも、ぼくを脅してる」

一浩らしい、と私は、おかしくなった。前に、ある新人作家について嘆き合ったことがある。その女の子は、あまり書き過ぎると才能が枯渇しますから、と堂々と言ってのけた。自分に才能があると思っているところが恐いよ、と一浩は、かなり辛辣《しんらつ》に彼女のデビュー作を批評していた。雑誌に自分の作品が載ったというだけで、勘違いしてしまった彼女の名前は、もう目にすることがない。一浩は、こざかしい文学論が大嫌いだった。そんなこと語ってる暇があったら書けよ、と思う。包丁は研《と》がなきゃ切れない。おれが新人に望むのは、それを知ること。ナツだって、そう思うだろ？ 私は、彼から、そんな話を聞くのが好きだった。でも、身の程を知った文学論は楽しいよ。永山くんとの取りとめのない話は、いつのまにかそうなって来ている。カズ、私は、あなたには出来ない作家との関わり方を、皮肉にもあなたから教えてもらったような気がしているよ。

お喋りに興じて夜が更けた頃、永山は、私を散歩に誘った。旅館の庭の片隅に、小さな神社があると言う。私たちは、下駄を履いて外に出た。ほてった肌に冷たい空気が気持良い。

「澤野さんの恋人って、どんな人？」

「年下のかわいこちゃん」

「いつも、どんなこと話してるの？　二人で」

「うーん。他愛のないことだよ。出会う前のお互いのこと、知り尽くそうとあせってる」

永山は低い声で笑った。彼は、丹前の袖《そで》に手を差し込み、腕を組んでいる。そんな格好をしていると、本当に、昔の文士みたいだ。

「知り尽くしたらどうするの？　別れるの？」

「永山くんには関係ないじゃん。そうしたら、二人で作ってくものがあるでしょう？」

「二人で作ってくなら、森下さんとだって良いじゃないですか」

「それは……」私は、口ごもった。それが出来るのなら結婚生活に苦労なんかない。けれども、永遠に二人で何かを築き続けること、それが可能である関係なんてあるのだろうか。あったとしたら、それは、ものすごく退屈か、ものすごく幸せかのどちらかに違いない。

「だんなさんとも恋人とも続けられないようなものを、続かせて行けたら良いですね、ぼくたち」

「それって、もしかして」

「来年から、書き下しの準備に入ろうと思うんですけど、つき合って下さい」

まるで、プロポーズされたような気分だ。けれど、結婚の申し込みと違うのは、永山の言葉で、私が天にも昇る気持になる訳には行かないことだ。私は、極めて冷静に、彼の申し出を喜んでいる。

「あ、十二時だ。澤野さん、新しい年が明けましたよ」

時計を見ようとした瞬間、抱きすくめられた。ルール違反、とは何故か思えなかった。私たちは、しばらくの間、抱き合っていたが、そこに、性的なものへと続く興奮は、まったくなかった。ただ、静かな安心感だけが漂っていた。

「お酒を飲んだ女の人の体って、あったかいんだなあ」

永山は、新しい発見をしたように言った。

「ぼく、今、澤野さんの心の中で順位一番ですよね。だんなさんより、彼氏よりも上。何だか優越感覚えちゃうな。このポジション他の作家に絶対渡しませんから」

小さな神社で、二人きりの初詣《はつもうで》をしながら、私は、少しばかり困惑していた。お願いしたいことは、もう既にかなってしまったように思う。と、同時に、それ以外にも、かなえたい願いが多過ぎるように感じて、どの言葉を選んで良いのか解らない。目の前の作家にお伺いしてみるべきだろうか。この先、二人を待ち受けるであろう数多くの質問事項questionnaire。朝までかけて、ゆっくりと作成して行くであろうリストに関して、私は思いを巡らせていた。

r

　かかって来ちゃったよ。ついに。電話。で、会っちゃったんだよ。結局。しかも、おもしろがって付いて来たゲイの小池と一緒に。冬ちゃん。なんて、何故に私が彼女をちゃん付けで呼ばなくてはならないのか。冬子で良いだろうよ、冬子で。と、言ったら小池が私の耳許で囁いた。馬鹿ね。夏美さん、大人の女の余裕を見せてやるのよ。親しい素振りをするのが大人か。はっきり言って、私は、それがどんな女であっても、夫の恋人なんて大嫌いだ。永遠に親しくなんてなりたくない。だからと言って、彼女を責める気にも到底なれないけれど。一浩を責める気持が、もうとうにないように。それにしても、こういう場面、どこかのロマンス小説にありそうだ。どうして、若い女の子は恋人の妻に会いたがるのか。

「修羅場だわ。修羅場だわ。楽しいわ」

小池が、ひとりで興奮している。元々は、彼と食事をして酒でも飲もうと約束していた夕暮れだ。思わぬ余興で楽しませることになってしまった。

「悪いけど、私に限って、修羅場なんかにならないよ」

「そうだよねえ。夏美さんが、こんなバーで修羅場を演じるなんて想像もつかないものね」

修羅場は、男と二人きりの時に演じるものだ。それでないと何の効き目もないじゃないか。

「ねえ、小池っち、その冬子、いや冬ちゃんは何のために私に会いに来るのかね」

「お友達になりたいんじゃなーい。もうお二人共、姉妹なんだし」

かーっ。下品な奴。私は、小池の脇腹を思いきりつねった。

「いったーい。あ、あれじゃないの？　ひゃー、ここに似合わない女。ドトールとかにしてあげた方が良かったんじゃない？」

開いたばかりで、まだ客の少ないバーに、彼女はおずおずと気遅れした様子で入って来た。忙しくて時間が取れないと言う私に、どこにでも伺いますからと頼んだのは彼女の方だ。しかし、元々、小池と待ち合わせることになっていたとはいえ、このスノビッシュなバーに呼んだのは、確かに意地悪な気持が働いたのかもしれない。認めよう。

本宮冬子は、ひとりしかいない女性客である私の許に真っすぐに歩いて来た。隣にいる小池の姿を認めて困惑したようだったが、礼儀正しく会釈して、私たちの前に腰を降ろした。

それからの三十分の居心地の悪さと言ったら!! 私と小池は、彼女が出て行った瞬間、顔を見合わせて、大きく溜息をついた。もちろん、その後、新しい飲み物を頼んだ。小池が身《み》悶《もだ》えするように言った。

「あの真っすぐさって、恐ーい」

ほんと、恐かった。私や私の友人たちの心が曲っている訳ではないが、私たちには、もう、あのひたむきさはない。あの種のひたむきさに価値を置くことは出来ない。どういうつもりでここに来たのかという私の問いに、彼女はひと言、こう言った。

「ただ見たかったんです。彼が別れないのは、どういう女の人なのかを」

まばたきもしないで、私を見詰める彼女の視線を受け止めながら、ふと思った。同じように若くても、成生とは全然違う種類の人間だと。彼には、私の好きないい加減さがある。真剣だけれども、その真剣さを遊ぶ術を知っている。第一、彼が一浩に会いたいと言い出すことなんて想像もつかない。

「どういう女って、こういう女なのよー」

小池が茶化そうとしたが、すぐに止めた。重苦しい沈黙が漂った。若さ故の深刻さを引き連れて来た彼女を、私は、ほんの少し憎んだ。そりゃあ、大人だって、時には深刻な恋もする。けれど、さまざまな事情をユーモアでぼかしたり、嫉妬を戯画として描写してみたり、自己嫌悪をすっぽかしたりするものだ。彼女の表情には、まったくそれがない。

「私、彼に対して、本気ですから」

呆然としている私を小池が肘で突ついた。

「えーと、私も本気と言えば、本気だけど」

たぶん、その本気は、彼女の意味するものとは、まったく異っている。私は、一浩と自分の間にある何かに対して本気なのであって、彼本人に本気をぶつけている訳ではないのだ。

私の言葉に、彼女は傷付いたような表情を浮かべた。何なんだよ。勝手にやって来て、勝手に傷付くなよ、おい。そういう顔は、一浩にだけ見せていれば良いじゃないか。

「夫婦って、他人には解らないつながりみたいなもの、あるんでしょうね」

「その通りだけど、恋人同士にも、他人には解らないつながり、あるでしょ？」

「はい。あると思います」

その時のやり取りを思い出していると、小池が言った。

「ぬけぬけと言ってくれたよねー」

「だからさあ、本気なんだよ、本気。でも、こういうとこに会いに来て、ああいうこと言う本気って、私、やだよー」

たとえば、成生に一目散で会いに行く時、私は本気だ。一浩と語り合う時、私は本気だ。永山翔平を口説いた時も、私は本気だった。つまり、私の本気は、目標とするその人に対してしかアピールされないものなのだ。

「でも、きっと、すれっからしの男は、ああいうのに弱いね」

「私のだんなのどこがすれっからしなんだよ」

「怒んないでよ。久々、純愛とかやっちゃってると思うんじゃないの？」

「私は、純愛ってやつが大嫌いなんだよ」

とは言ったものの、私も少しだけ、その響きに憧れる。純愛は、一番、好色な男女関係だと思うから。

「冬ちゃんさあ、一浩のどこに惚れたのかなあ」

「たぶん、夏美さんが、かつて惚れたのとは、全然違う部分だと思う」

そうかもしれない。私が、味わおうとはしなかったパーツ。その料理方法を私が知らなかった。あるいは、知ろうとしなかったとも考えられる。そう思えるのは、私自身が成生によって新しいものを引き出されていると感じるからだ。

「でも良かったですよ」

「何が？」

「渋谷あたりを歩いていそうな女の子でさ。あれが田舎から出て来たばっかりみたいな純朴な娘だったら、この場はホラー映画だったんじゃない？　夏美さん、ムンクの絵みたいに叫んだまま固ってたよ」

　その様子を想像して、私は笑い出した。このふざけた調子。冬子が引き返して来て、私たちの笑い合う姿を見たら、きっと怒りのあまりに蒼白になったことだろう。おふざけにくるまれた憂鬱《ゆううつ》の存在なんて気付く筈もないだろうから。あーあ、年上はつらいよ。

「しかしねえ、カジュアルな恋愛って幻想なのかしらね、夏美さん。メディアが若い子たちのカジュアルセックスをいくらあおったって結局、昔から変わらないじゃない。恋敵《こいがたき》というのは、永遠に存在するのね」

「それはね」私は、ふと思いついて言った。

「カジュアルな恋愛が結局つまんないってことなんじゃないかなあ」

　熱中する楽しみにまさるものはない。仕事でも、勉強でも、お稽古ごとでも、恋愛でも。気に染むものだけが快楽。人は、それを手に入れようと心を砕くように出来ている。

まっとうするには一生かかるかもしれないけれど。

「夏美さん、全然、嫉妬を感じないの？」

「そりゃ感じるわよ。若いっていいなあ、なんてさ」

「そんな、ばあさんみたいに。でもさ、夏美さんは若々しいけど、決してもう若くはないもんね」

「うるさい。サガンの小説の中じゃ、三十五歳は、マドモアゼルなんだぜ」

「フランスに居住すればの話でしょ。ぼくも、パリジャンの恋人見つけるんだあ。でもさ、昔、確かに、三十過ぎた人間なんて、もうじじばばだと思ってた。それなのに自分が過ぎてみると、ちっとも成長してない感じする。まあ、楽になったことはすごく増えたけど」

その「楽」という言葉に何か可能性が隠されているような気がする。知らぬ間の成熟が生きて行くのを楽にする。そう思いたいものだが、そこには何かをひとつひとつ諦めて行くような寂しさもつきまとう。

冬子は、帰り際にこう言い残した。

「私は、あなたを見たいと思ったのと同時に、私のことも見せたかったんです。あなたたちの自由な関係の中で不自由である私を」

自由な関係⁉　私と一浩が？　私たちが自由に見えるとしたら、自分たちの中で不自由を飼い慣らすのに甘んじているからだ。お互いに恋人を持ったからといって、私たちは、一日じゅう手放しで幸福に酔うことは、もう出来ない。そして、だからこそ、恋の稀少な甘みに酔いしれる。心のはしを、いつも日常に嚙み付かせながら、恋する相手と向かい合う。片隅で我に返っている自分が囁きかける。いつか失うかもしれない予感を抱かせるものは、いつだって一番素晴しい。そして、喪失の危機を感じさせるのは、恋の相手ではなく、相手への恋。昔は違った。私だって、一浩そのものを失いたくないと切実に思った。まさか、情熱の方が先にこぼれ落ちて行くものだなんて、その頃は思いもしなかったのだ。守るべき順序を間違えていたと、今、考えることの出来る私は、幸運なのか。

「森下さんに、このこと言う？」

「言うよ」

「成生くんには？」

「言わない」

「役割分担出来てるねえ」

本当だ。私って、ずるい。あの女の子は、むこうみず reckless だ。男と女の間には何でもあり、ということも知らずに、こちらに向かって泳いで来た。腹が立つ。でも、少しだけ羨しい。そういうことの出来る娘は、すぐに水から上がることだってやってのける。それを残酷だと思うのは、余計に年齢を重ねた者の方なのだ。それでは、成生はどうなのだろう。

「でも、可愛い顔してたよね、あの子」

「そうね。カズの好みだと思う。でも、彼の女の趣味より、私の男の趣味の方がはるかにいい」

「勘弁してよ。張り合うのは。成生くんってどんな感じなの？」

「あの女よりは、ずーっと、別嬪《べつぴん》」

やれやれというように溜息をついて、小池は、グラスを口に運ぶのだった。

S

　私と出会ってから世界は変わりましたか？　隣に裸で横たわる成生に、わざとらしく神妙な調子で尋ねてみた。彼は、笑いをこらえた表情を浮かべて首を傾《かし》げて見せた後、しばらくして、ひと言だけ口にした。うん。どういうふうに変わったのか詳細を述べよ。今度は、シーツを頭からかぶり笑い出した。止まらない。照れている。あんなことまでした後なのに。何故、人は、セックスをすることには照れないのに、そこから生まれ出ずる事柄に関して語ることに照れるのか。うーん、ベッドの中でこんな考察をしている私って、ほんと、いわゆる面倒くせえ女、だと思う。好かれるのは、うっとりと目を閉じて、すごく良かったわ、とだけ呟く女。それは解っている。ついでに、こんなの初めて、なんて付け加えておけば、なおさら好感を持たれる筈。でも、私は思う。それでは関係は作れない。私は、いつだって伝え合いたい。以心伝心なんて長年連れ添って来た夫婦の間にしか生まれない。長いと思われた一浩と私の間にもそれはなかった。日常のためだけではなく、ロマンスのためだけでもない男と女の用語を、私は、いつまでたっても見つけることが出来ない。

「夏美とこうなってから、女とつき合うってどういうことなのかなって考えるようになった」

成生は、枕の上に広がる私の髪を弄《もてあそ》びながら言った。

「夏美は、デートするだけじゃ駄目な女。やるだけでも駄目な女。面倒臭い」

やっぱり。

「でも、だからこそ、この部屋の中にいるだけで退屈しない」

彼は、頬杖を突いて私を見た。もう照れてはいないようだった。男に退屈しないと言われるのが喜ばしいことなのかどうかは解らないが、私は、まるで誉められているような気になっている。

「世界が変わったかって聞いたろ？　変わった。どんなふうにかっても聞いたろ？　おれの世界、なんか複雑になって来た。物理的には、どんどんシンプルになってるのにさ。変なの」

「物理的にって、なあに？」

「だって、場所の移動ないじゃん、おれたち。それ考えなくてすむのって、すげえ楽。おれ、最近思うんだ。女の子とつき合って、どっか行こうとか何か特別なことしようとか計画するのって、相手に飽きないようにするためか、自分を飽きさせないためなんじゃないかって。でも、夏美といると、そんなこと考えない。その代わり、ひとりで、どこかに出掛けても、いつも、つきまとわれてる」

「私に？　どこで？」

彼は、自分の頭を指で差した。

「何を見ても、何をしても、もう、おれだけの感じ方じゃなくなってる。おれ、ひとりだけじゃなくなってる。夏美が混じってる。夏美もそう？　おれ、混じってる？」

何故だろう。すぐに返事が出来ない。確かに、成生は、私の中に棲《す》んでいる。でも、いつもじゃない。彼は、私の世界を複雑にはしていない。彼の言い方を借りれば、私の世界は物理的には複雑さを増し、頭の中は、どんどんシンプルになっている。彼との出会いは、私にそれまでしたことのない行動を取らせ、それと同時に、頭の中を整理整頓《せいとん》させた。彼と逆なのは、私がいつも場所の移動をしているせい？　この部屋を訪れるのは、私にとっては特別なこと。そして、私には、特別なことが、楽。もしも、ここが、訪れるのではなく、帰るための部屋になったとしたら？　さあ、その時になってみなくては解らない。帰る部屋に喜びを見出している成生は、私のようにすれてはいないのだ、きっと。

一浩は、あの女の子の部屋に帰ることを選んだのだろうか。私は、彼女に会った翌日に一浩と話した。家に帰ったら彼がいた。私の許を訪れたという様子では決してない彼が。帰る場所を二つ持っているかのような彼の行動に、私は、怒りを感じずにはいられなかった。この怒りの隙間に、いたいのならいれば良い。意地悪く、そんなことを思った。私は、そこでくつろぐのが習慣のように居間のソファに腰を降している彼を無視して、掃除機をかけ始めた。

「こんな夜遅くに掃除するの？」

一浩は、せまって来た掃除機を避けようと足を宙に浮かせた。私は、その下を掃除し、ついでに彼の太腿にも掃除機をかけようとした。もちろん、嫌がらせだ。

「あ、すいません。ごみかと思いました」

一浩は、憮然とした表情で私を見上げただけだった。

すべてを終えて、バスルームで化粧を落としていると、いつのまにか、私の背後に彼がいた。私は、鏡の中の彼を見詰めた。途方に暮れたような顔してる。まるで子供みたいだ。

「彼女から聞いた。ごめん」

「どうして謝るの？」

「やだったろう？　あんな子供じみたこと」

「誰が子供？」

鏡の中で、私たちは、互いを凝視していた。答えられない彼を、ほんの少し好ましく思った。恋をしたら、誰もが自分の内なる子供に占領される。その部分の大きさは、人それぞれだけれども。まるで子供のように、欲しがる、泣く、訴える、そして、笑い、満足する。大人の所作にしては身勝手過ぎる。それが、恋にうつつを抜かすこと。一浩の恋人だって若いけれども、決して未成年ではないのだ。

「それより、カズ、どうして、ここに戻って来るのよ」

「ここだと、孤独になれるから」

何をおっしゃいますか、お兄さん。あなたが来ると、私が孤独solitudeの楽しみを失ってしまうというのに。と、心の中で呟いた後、唐突に思いついた。もしも、大人の恋とやらが存在するのなら、それは、相手が愛《め》でるべき孤独を持っているのを知ることだ。

「彼女、ナツに劣等感を感じていたよ」

「なんで!?」

「冬子のこと、カフェ・カーライルに呼んだんだって？　怖気《おじけ》づくよ、若い子は。隅っこに何とかっていう有名なアーティストがいたって興奮してた。彼女も、その……絵を描くから……。そういう場所で、普通に友人と待ち合わせていたナツは、すごいって思ってたみたい」

「小池くんと飲みに行く前に、勝手に割り込んで来たんじゃない」

私は、振り返って、一浩に手を差し出した。彼は、困惑した表情を浮かべた。

「何だよ、握手?」

「馬鹿、彼女のドリンク代、たて替えといたからね」

彼は、まいったなあ、という表情を浮かべたが、もちろん、財布を出すようなことはしなかった。その代わりに、差し出された私の手を握って言った。

「指ずもうでもするか」

私は、彼の手を振り払った。変な奴。今さら、勝ち負けを決めてどうする。呆れ果てた様子で鏡に向き直った私を、今度は背後から抱き締めて、彼は、私の髪に顔を埋ずめた。

「待たれてないってのも、いいなあ」

「お疲れのようですね」

「そうなのかなあ。ほら、若い女とつき合うなんていうと、こっちが弄んでるか、向こうに弄ばれてるかって思われがちでしょ?　でも、そのどちらでもない場合って大変だよ」

弱ってる？　ざまあみろ、天罰だ、とは思わない。思いやりを、つい持ってしまうのが、長年のつき合いのつらいところだ。仕方ない。カモマイルのお茶でもいれて、不相応な色恋の労でもねぎらってやるか。

シャワーを浴びてベッドに戻って来た成生が、自分の飲みかけのミネラルウォーターの瓶を差し出した。私は、上半身にシーツを巻き付けながら起き上がる。

「成生は、私のこと、いつも待ってるの？」

私の唐突な質問に、彼は、肩をすくめた。

「待ってない」

「あ、そう」

「でも、待ってる」

「何よ、どっちなの？」

「待たない振りして待ってる。でも、嬉しいのは、待ってない時に、夏美が不意打ちかけてやって来ること。だから、なるべく待たないように努力してる。結構大変なんだから、これって」

不意打ちの楽しみを放棄しちゃって。カズ、あなた、これから、どうするの？

t

驚くべき速さで、永山翔平は、第三作目を書き上げ、すぐさま彼の初めての本が刊行された。書店で平積みにされた内の一冊を手に取り、私は、美しくラッピングされた箱を見るように、それをながめていた。高い文学性をわざと打ち消すように力の抜けた装丁。口惜しいけど、やはり一浩のセンスを認めない訳には行かない。スタイリッシュな部分を強調しようとするあまりに、かえって野暮な本質を露呈してしまう体裁の本が多い中、これは稀少価値だ。本当にスタイリッシュなものは、田舎も都会も関係ないと私は思う。それなのに、田舎風、あるいは、都会的という企みで、どれ程のものが安物に変えられてしまうことか。その点、永山翔平は幸運だ。最初に出会った編集者のおかげで、一番良い形のデビューを果たした。もちろん、彼に、それに値する実力があったからこそだけれど。

「サインしてあげましょうか」

肩を叩かれて振り返ると、作者本人が立っていた。

「それ買う必要ないですよ。ちゃんと送りますから。あ、その必要もないか。もう森下さんが渡してますよね」

永山の言葉を無視して、私は、本をレジに持って行った。支払いを済ませている私の肩越しに、彼は若い女店員に声をかけた。

「その本、ぼくが書いたんです」

店員は、私から紙幣を受け取りながら、彼を見た。その瞬間、彼女の頬が見る間に赤く染まった。

「読みました。大好きになりました。二冊目も楽しみにしています」

「二冊目は、この人のとこで書くんだ」

永山は、私を顎で指した。

「余計なこと言わなくて良いのよ」

私は、名残り惜し気に店員と言葉を交そうとする彼をせかして外に出た。彼は、満足そうに深呼吸をした後、私を見て笑った。私もつられて吹き出した。

「自分の本を読んだひとりひとりに話しかけるつもりじゃないでしょうね」

「そうしたい気分で、今日は、いくつかの本屋で見張ってたんです。まさか、澤野さんが引っ掛かるとは思いませんでしたけど」

すみません、と背後から呼び掛ける声に、二人同時に振り返ると、さっきの店員が立っていた。永山の本を抱えている。

「あの、サインしてもらえますか?」

永山の顔が赤くなった。店員から渡されたサインペンを持つ手が震えている。図々しいと思っていたら、意外と初心《うぶ》じゃないか。私は、寒空の下で汗を掻きながら、自分の名前を書く彼を微笑ましい思いで見詰めていた。作家にとっての初めての本を作る経験を、私は、もう何度もして来ている。そのたびに、私たちにとっては通過点にしかすぎないことが、作家本人には、一期一会《いちごいちえ》の感情と向かい合うことなのだと痛感する。その新鮮さを、一冊一冊、形を変えて持続させられる作家は本物だ。そのために、私は何をするべきか。日々の雑用に追われ、慣れ切った仕事をこなして行く内に忘れてしまう自分への問いかけを、彼は思い出させてくれる。

「年下の彼氏、元気ですか?」

昼食を食べそこねたという彼を伴って、私は、行きつけの蕎麦屋《そばや》に入った。とうに昼食時を過ぎたせいか、客は、私たちだけだった。永山は、祝い酒だと言い、飲めないくせに日本酒を頼み、舐めていた。

「元気よ」

「何してるんですか、その人」

「郵便局員」

「え？　なんか、エロティックですね」

「どこが？」

「いや、意表をついてるっていうか。これが、作家と編集者なんていうと、ちっとも、おもしろくないじゃないですか。と言うことは、ぼくと澤野さんは、永遠にエロティックな関係にはなれないんですね。つまんねー」

何を言ってるんだか。私は、苦笑しながら、玉子焼きを突ついている永山を見詰めた。おなかをすかせた男の子っていいな、などと、ふと思う。しかし、屈託のなさそうな物書きであるなら、御注意だ。

「でも、森下さんと澤野さんなんて、もっと意表ついてないよね。編集者同士だもんなあ。解り合い過ぎちゃって、全然エロティックになんかなれないでしょう？」

「御心配ありがと。でも、エロティックなことって、そんなに重要かしら」

「ぼくにとっては。それを重視すると、長続きしないのが問題ですけどね。長続きしない素晴しさがそこにあるって、自分を慰めてますけど」

「そんなに女の子と長続きしないの?」

「はい」

「長続きさせたいと思ったこともないの?」

「ありますけど、かなわない。だいたい、そう願った瞬間から終わりに近付いて行くんじゃないのかな」

永山は、運ばれて来た蕎麦を盛大に音を立てて啜っている。私は、自分の目の前に置かれたそれをただ見ている。食欲がない。朝食を遅い時間に食べたせいだ。私は、一浩に、そう願ったことなどない。でも、成生に会うたびにそう願っている。ただし、それは、一浩とどうにか長続きさせたいと思っているからではないし、成生との関係が終わりに近付いているからでもない。知ったふうな口をきいて、憎らしい男だ。

永山は、私の視線に気付いて、目で問いかけた。

「食べないんですか? のびちゃうよ」

「食欲ないの。良かったら、私の分もどうぞ」

永山は、待ってましたとばかりに、私の分を自分の許に引き寄せた。

「ぼく、何か、澤野さんの気分を害するようなこと言いましたか?」

「別に」

「嘘だ。怒ってる。でも、それは、ぼくの小説とは何の関係もないことについてだ。いいなあ、好きだな、公私混同。小説って、それをしても良い分野ですよね」

「本、一冊出したくらいで、何が解るのよ」

「百冊出したって、解んない奴は解んないでしょ？　ぼくね、一回、森下さんに、怒られたんです。生意気なこと言っちゃって。彼、自分がしたいことをしているだけで、会社のためにやっているように見えるとしたら、それは、会社を愛してるせいだって言ってた。若い頃には出来なかった贅沢を、今やり尽くしてるんだから、文句言うなって言われちゃった」

その贅沢という意味が、今なら、私にも理解出来る。好きな作家を担当し、存分にその人にかまけること。そして、その元手のために、会社を有効利用すること。結局のところ、やり方は違うにせよ、一浩と私は求めているものが同じなのだ。

「ぼく、これから澤野さんと一緒に仕事をして行く内に、いっぱい迷惑かけると思うんです」

急に殊勝なことを言い出した永山を、私は、訝《いぶか》し気《げ》に見た。

「だって、ぼくは意気地なしですから」

「そうは見えないけど」

「小説なんか書いてる奴って、きっと、皆、そうですよ。だから、編集の人の力が必要になる。でも、その力って、きっと、ぼく自身が常に意識していないと、宝の持ちぐされになっちゃうような代物なんですよね。うーん、こんなこと言って、ぼくって、謙虚なんでしょうか。それとも、森下さんの言うように生意気なんでしょうか」

どちらでもあると思う。でも、宝treasureってのは気に入ったわ。ただし、持ちぐされになるかならないかを選ぶのは、私の選択よ。口には出さずに、心の内でそう呟いた。幸運なのは、彼が、編集者の前に自分を投げ出す術を、もう既に心得ているということだ。人に読ませるものを書き続ける資格は、まず第一にそこにある。

「もっと、澤野さんの恋人の話を聞かせて下さい」

「どうして？　小説のエピソードにでも使うつもり？」

「まさか。ぼくは、恋愛小説なんかに興味ありません。肉体を観念が手助けしているようなのか、その反対に、肉体から生まれるものだけがリアルだと露骨に描写しているようなのばっかりじゃないですか」

「じゃあ、どちらでもないものに挑戦してみるってのは？　わざとそういうのを抜いてみるのもおもしろいじゃない。空っぽの部屋に痕跡《こんせき》が残っているような」

永山は、蕎麦湯を啜りながら、しばらく考え込んでいた。やがて、瞳を輝かせて顔を上げたので、私は、作家特有の高揚を感じ取り、期待して、彼の言葉を待った。ところが、彼は、急に、ぼんやりとした調子になり、言った。

「こういう蕎麦屋って、その辺の街中のと違って、本当は、色々作法があるんでしょうね」

私は、すっかり鼻白んで、溜息をついた。

「作品の話をするのかと思ったけど」

「そういう作法を若い女に教えるのは、洒落《しやれ》たイタリアンレストランで、ドルチェの種類を説明するよりも楽しいんじゃないですか?」

不可解な表情を浮かべる私を、永山は目で促した。その視線の先には、唖然《あぜん》とした様子の一浩と冬子が立ち尽くしていた。

「その時の森下の顔、見たかったわあ。残念残念」

時田さんは、そう言って、ひとりではしゃぐのだった。私たちは、互いに担当する作家たちの対談場所へと向かうタクシーの中にいる。

「そんなにおかしいですか？」

「おかしいわよお。あなたが、成生くんとでなくて永山翔平と一緒だったってことが、まずおかしい」

「妻が働いてる時に、夫は若い恋人とデートしてるんですから最悪ですよ」

「本当に働いてたの？」

それを言われると言葉に詰まる。偶然会って蕎麦屋に行ったのを仕事とは呼ばない。そんな時ですら、二人の間には、共に作って行くであろう作品に関する話題がはさまれているとはいえ。公私混同か。まさに、そう。けれど、あの時の一浩は違っていた。私たちは、すれ違いざまに何も言わず会釈しただけだったが、一浩の私を見る目で、彼が、私と永山翔平が公私混同を持ち込める関係になっているのを悟ったのが解った。とりあえず、この場を立ち去らなくては、とあせる私の気持も知らずに、永山翔平は一浩に告げたのだった。

「ぼく、澤野さんとこで書き下しやらせてもらえることになりました」

やらせてもらえるとは、また控え目な。しかし、そういう物言いが、ますます一浩を刺激したらしい。彼は、皮肉たっぷりな笑いを含んだ声で、永山に言った。

「そう。伝統ある老舗の出版社の優秀な編集者とじっくり仕事をして行くのは、きみのためにも素晴しいことだと思うよ」

ふん、とりあえずありがとう。伝統ある老舗イコール古臭くてお堅い、優秀なイコールあざとくて、こすからい、じっくりイコールしつこい、素晴しいプラスぼくほどではないにせよ、という正しいニュアンスには、この際、目をつぶろう。

腹立たしかったのは、蕎麦屋を出てから、永山が、まるで新しい悪戯を見つけた少年のように楽し気にしていたことだ。

「別に、まだ書き下しのことなんて言う必要なかったのに。題名すら決まっていないんだから」

「題名の決まらない漠然とした塊の時にこそ、ぼく、一番、作品を愛せるんですもん。憧れていられる。書き出そうとしているものが、すごい傑作なんじゃないかと錯覚出来る」

この若者と来たら、長年作家稼業を続けて来たような言い方をする。題名のない untitled 混沌。そこから具体性が姿を表わして来た時、それと引き替えに、どれ程の自信を喪失し、そして、その回復のために、どれ程の労を要するかを、彼は既に知っているに違いない。ものを書き始める前から、はからずもそうなるべくトレーニングを積んでしまった作家は、少なからずいるが、彼も、そのひとりなのかもしれない。もっとも、そこから、さらに選ばれた人になるには、書き続けて行くことで証明して行く他ない。

「あれが、森下さんの彼女かあ。結構、可愛いですよね」

「そうね」

「でも、澤野さんの方が、傑作ですよ、きっと」

そう言い残すと、永山は、受話器を当てるような仕草をし、電話をしてくれと目で訴えかけて、立ち去って行った。

「で、その後、森下とは、ひと騒動あった訳？」

時田さんは、私たちの夫婦のいさかいにいつも興味津々という感じだ。自分と恋人との間が上手く行き過ぎて退屈なのかもしれない。私くらいの年齢になると、争いが起きる前にお別れする方向に持って行く術を知っているからね、というのが彼女の口癖なのだ。いつだったか、隠居した好事家《こうずか》みたいな恋愛ですね、と言って、思いきりつねられたことがある。

「ひと騒動という程でもないけど、ありましたよ」

予想はしていたことだが、一浩は、永山との書き下しの仕事が進んでいるのを何故私が隠し続けていたのかをなじった。別に隠していた訳ではなく言わなかっただけだ。すると、ひと言断わるのが筋だろうなどと怒る。筋って何だ？　どうして、男ってのは、自分の都合に合わせて仁義を持ち出すのか。代理人も契約書もない日本の出版界で、そんなものは通じないね。とは言うものの、だからこそ、人とのつながりを重んじなくては事が上手く運ばないのは、私にだって解っている。だけどさ、早い者勝ち、とは言えないでしょ、この世界。やっぱ。

私は、一浩に、どういう経過を辿って永山翔平と仕事をするに至ったのかを包み隠さずに話した。憮然とした表情を浮かべながらも、仕方がないという調子で静かに聞いていた彼も、年末に永山と私が二人で年を越したのを知ると怒りをあらわにした。

「何考えてるんだ。そういうことは、一緒に仕事をこなして行く内に必要性が出て来るからこそするもんだろ？　決まっていもしない仕事のために、もし男が同じことしたら、どう思う？　ナツ、おまえ、本当、最低だな。おれと対等なふりして、結局使うのは女の武器か」

「そんなもん使ってないよ」

私は、荒げそうになる声を抑えて言った。

「永山くんが女でも、私は同じことしたよ。それも女の武器使ってることになるの？　言っとくけど、一緒に年越しなんかしてもしなくても、彼の返事は決まってたと思うよ」

じゃあ、どうして、という一浩の言葉を遮って、私は続けた。

「あれは、ハプニングよ。でも、それが悪いことだなんて、私は少しも思わない。人と出会うのって、全部ハプニングじゃない。でも、それを単なる偶然にしておくかおかないかは、その人の意欲にかかってるんじゃないかって思う。私は、彼にやる気を持った。そこで生まれたハプニングを絶対に無駄になんかしない。遅かれ早かれ、彼と一緒に書き下しの仕事は出来るに違いないとは思ってた。初めて会った時からそういう手応えはあったもの。でも、時期を早めることが出来たのは、あの夜のおかげだと思ってる。ただし、それは、あんたなんかに邪推される覚えのないことよ。あの夜、二人で話し合ったのは、カズからしたら、とてつもなく青臭く感じられる類のものかもしれない。けれどね、人の老成しない部分を拾い上げて行くって、文字に変換する以前の作品へのアプローチだと思うの」

一浩は、喋り続ける私を呆気に取られたように見詰めていたが、やがて大きく溜息をついた。

「その調子で永山に話してたの？」

「そうよ」

「色気ねえな」

「それは別のところで使ってるから良いのよ。だいたい同じ業界の男には使わない主義なのよ。まあ、カズは唯一の例外だった訳だけど」

「おれ、でも、若い頃のナツより今のナツの方が、ずっと好きだよ。自分でそう思うから、余計な詮索するんだよ。女の色気は、与えられるより、こっちから見つけ出す方が楽しいじゃない。きっと永山もそう思ってるよ。ナツに色んなもの感じてるよ」

一浩は、負けを認めたような調子で言った。でも、私には勝ち誇った気分など湧かない。そもそもこの言い争いの発端は、彼が冬子を連れて、私と会ってしまうかもしれない蕎麦屋に来たことではないか。時間に不規則なこの業界、思わぬ時間帯に男女関係は露呈する。彼が腹立たしい思いを抱えているのは、私が連れていたのが作家であり、自分が連れていたのが恋人であったという、そのせいもあるだろう。アドバンテージを取られたように感じているのだ。私は、むしろ逆だったら、どんなにせいせいしただろうなどと思っている。彼の連れていたのが永山で、私が成生を伴っていたとしたら？　そして、今、この時、あの男は誰だと尋ねられたとしたら？　きっと、話し始めていただろう。永山との仕事の喜び以上の、ある男との共同作業の恍惚《こうこつ》について。

「夏ちゃんと森下は別れないよ、きっと」

私の話を聞いていた時田さんが、ぽつりと言った。

「そうでしょうか」

「うん。はたから見たら、夫婦で恋人作ってよろしくやっちゃって、なんて思うかもしれないけど、人が恋するのは仕様がないじゃない。でも、恋って、やがて消えるよ。問題は、恋心の到達出来ない領域にお互いに踏み込めるかどうかってことじゃない？　二人の間には、その領域があって、そこのスペアキーをどこかに預けているような気がするの」

「どこかに、ですか？」

私の問いには答えずに、時田さんは、タクシーの運転手に道順を教えた。そうだろうか、本当に？　恋の密室を開けるためではない、別の鍵がどこかに存在しているのだろうか。

私は、あの言い合いの最中に、一浩が腹立ちからではなく、本当に傷ついた表情を浮かべた時のことを思い出した。それは、一瞬であり、かすかな顔色の変化だったけれども、彼がどこかを痛めたのに気付いた。私は、話の流れで、こう口にしたのだった。

「私と永山くんは、あの夜、共通の言葉の捜索願いを出したの」

たとえば、その代わりに、こう告げたら、どうだっただろう。私には、実は一緒に寝ている恋人がいるの。その時、彼が、無防備に痛みを浮かべるなんて、あり得ないような気がするのだ。

V

　その日、私は仕事の合間に手紙を書き、成生の働く郵便局に立ち寄った。カウンターの中から私の姿を見つけても、彼は目で合図をするだけで、素知らぬふうを装って仕事を続けていた。ところが、私の順番が来て差し出された封筒が自分宛の速達であるのに気付いた時、こらえ切れずに吹き出してしまった。赤いハートのシールで封印された部分を指差し、彼は、周囲に気付かれないよう小声で尋ねた。

「何なの？　これ」

　私は、笑われたのは心外だとばかりに、真剣な表情を作ったが、本当は、今にも大声で笑い出しそうだった。

「見ての通り、ラブレターじゃん」

「ふざけてるの？」

「ふざけてるんだよ」

成生は、目だけを動かしてあたりをうかがい、素早くハートに口を付けた後、事務的な声色で速達料金を請求した。私は、財布から小銭を出しながら思った。へへ、男と遊ぶにはずい分と安上がりだ。郵便局ばんざい。私は、軽い足取りで外に出た。手紙はいいな、と思う。待ち時間がある。少なくとも明日までは、封を切った時の彼の表情を想像することが出来る。などと思っていたら、すぐに成生から会社に電話がかかって来た。

「まったく驚かせてくれるよなあ。それにしても、夏美っていくつだっけ」

「三十五」

「そんな、悪びれもせず。いいわけ？　その年でこういうこととして」

「いい。私が許す」

「そっか。じゃおれも許そう。あの手紙、すぐにでもポケットに入れようと思ったけど、速達料金ずるするのも良心とがめるんで止めた」

良心かあ。久し振りに耳にする、その言葉。考えてみると、好きな人間が関わらない限り適用されない心の動きだ。恋をすると良心は蘇る。しかも、一番身勝手な形で。実際のところ、成生とつき合い始めてから、私の良心は、いつもどこかが痛痒《いたがゆ》い。それが、結婚しているのに、若い男の子に恋をしたなどという理由からではないのは確かだ。だからと言って、夫だって好き勝手しているのだもの、なんて開き直っている訳では毛頭ない。今のところ、私を取り巻く環境は、なるようになっちゃった結果である、としか言えない。私は、自由奔放な人妻でなんかじゃないし、一浩も、浮気性の夫って訳じゃない。成生が、スリルを求めてアフェアにのぞんではいないのと同様、冬ちゃんが浮気相手としての気楽さを享受してるのでもない。他人から見たら、あるべき男女関係をぶち壊しているように思えるかもしれないが、今の私たちには、これが形。それぞれの自分勝手が交錯して均衡を保っているありふれた形。その中で、自分の思いだけはありふれたものじゃないと、皆、口に出さずに思っている筈。少なくとも、私はそう。それを確認する時、良心は疼《うず》く。私は、自分自身のためだけに恋をしている。他者と比較すべくもない、自分の内だけで醸造される感情を保つために。ティーンネイジャーの頃、馬鹿にしきっていた行動を今やってのけている喜び。それを許せる自分に感心すること。どうやら、私は、真剣に遊んでいるらしいのだ。たぶん、すべてが壊れた時に、傷が残るであろう程に。私は、もう自分が一生、夢想家 visionary のままでいないのを知っている。恋に希望なんて持てない。そして、希望の持てないもの程、離したくない。ハートのシールで封印したものは、ただの甘い煙にすぎない。すぐに消えてしまう。けれど、消える前に、きっと彼の鼻をくすぐる。その事実、忘れさせない。

それから、しばらくたったある休日、私は、いつまでも寝ている成生を無理矢理起こして、外に連れ出した。彼のアパートメントの側に、小さなカフェレストランがオープンしたのを見つけたのだ。眠そうな目をこすりながら、彼は言った。

「寝たの何時だっけ。なんだって、夏美、そんなに元気なんだよ」

「だって、もう春だよ。それに、こんなに天気が良いんだよ。晴耕雨読ってもんを思い出そうよ」

成生は、かぶったセーターから頭を出して尋ねた。

「何を耕すの？」

さあ。それは解らないけど。私は、とりあえず、寝ぐせの付いた彼の髪を指で梳いて耕した。

新しいレストランには、客がいなくて、私たちは、窓際の日溜りにあるテーブル席に案内された。成生は、あたりを見渡して感心したように言った。

「シンプルですごく良い店じゃん。この辺にあるのもったいないよ」

「前から目つけてたんだもん。たまには、外できちんと食事するのも良いでしょ？」

「おれんち、テーブルも椅子もないもんな。もっとも、買っても置く場所ないけどさ」

「それはそれで良いのよ。ピクニックみたいでさ」

私たちは、料理の運ばれて来るのを待つ間、グラスで頼んだ白ワインを飲みながら、とりとめのない話をしていた。麻のテーブルクロスに反射する陽ざしが眩しかった。昨夜、二人で観たビデオ映画の感想を夢中になって話していた成生が、ふと黙った。テーブルに置かれた私の手を見ている。何か付いているのかと手を引っ込めようとした私を制して彼が言った。

「ほら」

彼は、自分の飲みかけのグラスを少しだけ移動させた。白ワインを通した陽ざしが、私の指に金色のラインを引いた。その一番光り輝く点が、私の薬指に落ちた。

「夏美にやる。この指輪」

それは、本当に指輪のように、私の手を飾っているのだった。

「夏美が結婚指輪をはめてる女じゃなくて良かった」

食事、お酒、会話、セックス。私たちが二人でしていることは、それだけだ。でも、それ以上の何がいったい必要だというのだろう。誰とでも出来ること。そして、あなたとしか感じられないこと。日常の営みが贈り物と感じられる今なら、あなたのために死ねる気がする。

「今日、何の日だか知ってる？」

成生の問いに私は首を傾げた。

「え？　春分の日でしょ？」

「そう。エキノックス」

昼と夜の分量が同じ日。でも、それは一年に二回ある。次のエキノックスにも、私たち、同じことが出来るだろうか。もし、そうなったら、私たちがそれから迎えて行く季節は二度目になる。春夏秋冬のアニヴァーサリーを経験して行くのだ。喜べるのは何度まで？　ピクニックだけでは、もういられない。

「おれ、夏美のこと困らせてる？」

成生の問いに答えないでいると、彼は言った。

「困ればいいんだ」

拗ねているのかと、窓の外を見ている彼の横顔に目をやったが、そうではないようだった。ただ淡々とした表情を浮かべている。

「夏美は、おれの生活、全部知ってる。でも、おれ、あなたのこと何も知らない」

「何を知りたいの？」

「そんなの解んねえよ。全部知りたいのかもしれないし、全然知らないままのが良いのかもしんないし……ただ、これだけ教えてよ。おれと知り合ってから、だんなと寝た？」

「寝てない」

「それ、嘘じゃない？」

「と……思う」

「どっちなんだよ」

私は、溜息をついた。

「それって、重要？」

成生は、もじもじしたように下を向いた。

「そうじゃないけどさ。だんなってだけで、夏美のこと自由に出来るんなら、それって、すげえ、ずるいじゃん」

「一浩は、そんな男じゃないよ」

私が口にした瞬間、彼は、唇を噛んだ。私は、自分が、それまで決してしなかった失策を犯したのを悟った。彼は、私の夫の名前を、今、初めて知ったのだった。二人だけで完結していた世界に、第三者の影が入り込んでしまった。光の指輪をもらった時に、時間が戻ってくれれば良いのに。私は、そう願った。でも、そうは行かない。午後の太陽は陽ざしをずらして、もう私の薬指に、その指輪はない。

「成生、ごめんね」

「なんで謝るの？」

「解んないよ。きっと、困ってるんだよ、私」

「もっと困ればいいんだ。おれが困ってるみたいに、夏美も困ればいいんだ」

驚いたことに、彼は泣いていた。私は、ナプキンを差し出しながら思った。何なのよ、情けない。年下の男の子だから仕方ないなんて思わない。私は、どんなに強そうな男にも、情けなくて、いたいけな部分を見つけることが出来る。その瞬間から、離れがたい思いは始まる。体を追いかけて来た心が馴染み始めたのだ。私は、まっすぐに、彼を見詰めながら、一浩との結婚生活について静かに語り始めた。

W

大きなスポーツバッグを抱えて玄関に立っている私を見ても、さほど驚いたようなふうでもなく、今日子は肩をすくめただけだった。

「ジムの帰り……ではなさそうね。まあ、入んなさいよ」

私は、促されるまま彼女の部屋に入り、荷物を床に置くと、溜息をついて座り込んだ。

「あー、疲れた。この年で家出はつらい」

「森下帰って来ないのに、何だって家を出る必要がある訳？」

「それがさあ、あいつ帰って来たんだよ。女と別れたんだって」

今日子は、コーヒーをいれる手を止めて笑い出した。何がおかしいんだ、ちくしょう。とは思うものの、私は、自分の困難を女友達に笑いとばされるのが、決して嫌いではない。気が楽になる。私が誰のところでもなく、今日子の家を選んだのは、彼女が、女同士の安い友情とは無縁だからだ。同情して泣かれたりして、私が慰める破目になったりしたら、最悪だ。そして、一緒に泣くことを友情と勘違いした女たちが、どれ程多いことか。問題を抱えた時に、本当に助けになるのは、うまい飯、上等な酒、乾いた笑いに、辛辣な助言。それらを提供してくれる綺麗な女だ。私の使っているのと同じ銘柄のシャンプーがバスルームに常備されていれば、なお良い。

「で、森下が戻って来たからって、何だって、あんたが出なきゃならない訳？　別に、そのまま一緒に暮らせば良いじゃん。元々、あいつの家でもあるんだし。あんたが成生くんを出入りさせてる訳でもないんだし」

「カズに全部話したの、成生とのこと」

「で？」

「すごい喧嘩になっちゃって」

今日子は、呆れたような表情を浮かべた。

「何それ？　自分は、女作って出て行ったくせに」

「だよねー」

「だよね、じゃないよ。で、何で男のとこに逃げ込まないで、私んとこな訳？」

「あそこ、狭いもん」

「なるほど。それは説得力がある」

目の前に置かれたコーヒーには、クリーマーで泡立てた牛乳が載っている。私は、それに沢山の砂糖とシナモンの粉を入れて口に運んだ。心がほぐれて泣きそうになる。甘いものは、いつも、私を少しばかり悲しくさせる。

いつのまにか、一浩は、私たちの家に帰って来ていた。私が仕事から戻ると彼がいて、私がくつろいでいると彼がやって来て。それがくり返されているのに、私は、彼と冬子の別れに結び付けて考えることはなかった。夫婦なのに。あるいは夫婦だからこそ、彼が家のどこかにいることが、あまりにも自然に思えて、気が付きもしなかったのかもしれない。私は、一浩の不在に、あまりにも慣れていた。それは、彼が恋人を作る前からのことだ。

ある時、ふと気付いて尋ねた。

「最近、良く会うね」

「会うねって、ここ、おれの家でしょ」

「あ、ほんと」

あっさりと頷いたものの、やはり、何かがおかしい。

「こんなに、ここで時間つぶしてて、彼女、何も言わないの?」

彼は、読みかけの本から顔も上げずに言った。

「別れて来た」

何!? そんな重要なことを、まるで飲み会が中止になったと告げるような調子で告げるとは、何と不謹慎な。私は、次の言葉を待って、側に立ち尽くしていたが、彼は活字から目を離さない。私は、彼の本を取り上げて、音を立てて閉じた。腹を立てながらも、私は困惑していた。夫が女と別れて戻って来たら、妻は喜ぶべきなのだろうか。いーや!! そりゃ違うだろう。

「私に断わりもなく別れて来たってどういうこと!?」

「どうしてナツに断わらなきゃならないの? これ、ぼくと冬ちゃんの問題でしょ?」

「ふざけないでよ。私が、あんたたちだけの問題だと自分に納得させるまでに、どれ程苦労したか知ってんの!? 確かに、カズたち上手く行ってる時、そちらだけの問題になったよ。私は、そう思い込むことが出来た。でも、別れるとなったら、私も登場人物のひとりだよ。勝手に帰って来て、私の古伊万里の皿にケンタッキーフライドチキンなんて載せて食ってるんじゃないよ」

大切にしていた皿の上のファストフードの食べ残しを見て、私の怒りは爆発した。

「私のって……これ、おれが買ってやったやつだろ、誕生日に」

そうだけど。そういう皿は、ファストフードではなく、スローフードのためにある。まるで、私の物は、当然、自分の物と信じ切っているようなその姿。おおいに気にくわない。

「だいたい恋をしたと言って勝手に出て行って、恋に破れたからっていつのまにか戻って来ているその態度って何？　信じられない。図々しい」

「ここしか帰って来るとこないもん」

そう言うと、一浩は、ソファの上で体を丸めた。まるで図体のでかい猫みたい。みっともない。これが、やり手と言われる編集者か。この拗ねた様子。永山翔平あたりに見せてやりたいところだ。

「どうして突然別れたのよ」

「突然じゃないよ。しばらく前からぎくしゃくしてた。でも、何が原因なのか説明しろって言われても出来ない。突然、彼女といることに耐えられなくなった。ナツから離れた時、そんなふうじゃなかった。ナツといること、全然苦痛じゃなかったけど、彼女といたい気持の方が大きくなったから出て行った。で、それがなくなったから帰って来た」

「でも、それは、私といたい気持の方が大きくなったから帰って来た訳じゃないんでしょ？」

「違う。自分が自分らしくいたいと思った時、ここしか帰る場所がなかった」

私は、ソファの上のクッションを一浩に叩き付けた。

「そういうのを自分勝手って言うんだよ!!」

「そんなの解ってるよ。でも、おれ、自分らしくいるためにはナツが必要なんだよ。ナツの手がかかってないと駄目なんだよ。そのことが解っちゃったんだよ。ナツに手入れされてないと、おれ、自分の好きな男になれない」

私は、床に転ったクッションを拾い上げて、もう一度、一浩に投げ付けた。手入れだと？　おまえは盆栽か？　こんなこと言われたら、冬子じゃなくても呆れるだろう。ただし、彼女に同情なんてするものか。かつて男に手入れされた自分の体が好きだと、今日子と話したことがあった。それは、自分たちも相手の男にそうしてあげられるという自負があってこそ。人の夫を真剣に愛しているだなんて気恥しいことを堂々と言ってのけておいて、その男の手入れも出来ないのか。

私は、唸《うな》り声を上げながら、部屋じゅうをうろうろと歩いた。一浩は、抱えたクッションの陰から目だけを出して私をうかがっている。しばらくは、口をつぐんでいようという魂胆らしい。

うろついている内に気分は落ち着いて来た。すると、自分が、ここまで苛立っている真の理由にぶち当たるのだった。私は、勝手に自らの都合だけで戻って来た彼の身勝手さだけに怒っているのではない。何故、今でなくてはならないのか。そう感じて腹を立てているのだ。いつのまにか、私の側にも都合というものが生まれていた。それは、つまり、成生との関係ということだ。

「手入れってどういう意味なの？　まさか、身だしなみとか言うんじゃないでしょうね」

私が突然尋ねたので、一浩は口ごもった。

「そう……かもしれない。身だしなみ。ただし、右も左も含めた脳みその……」

私が、何故、この男の脳みその皺《しわ》wrinkleの面倒を見なくてはならないのか。皺を伸ばせば良いのか、それとも、もっと寄せれば良いのか。妻は夫にそんなことまでしなくてはならないと？　良いだろう。しかし、それは、夫も妻に同じ手間をかけているのを前提とした話である。

「うひょー、ええ話やー」

と、茶化しながら今日子が拭《ぬぐ》ったのは、もちろん涙などではなく、カプチーノの泡である。

「いいじゃん、森下。いい男じゃん。麻のシャツに自然な格好の良い皺を作るには、その前に、きっちり糊付《のりづ》けしておかないと駄目なんだよ」

「私は、服の話をしてるんじゃなーい」

「同じじゃん。その若い女は、糊付けの仕方もアイロンのかけ方も知らなかったってことでしょ？　木村屋のあんパン食ってりゃいいってもんじゃないわよ。あー、楽しい。ざまあみろ」

「そんな……冬ちゃんが可哀相じゃないの」

「本当にそう思ってる？」

「全然」

私の答えに、今日子は、さも愉快そうに笑うのだった。まあ、彼女にとっては何の関わりもない女の子だから仕様がないけど。けれど、私にわざわざ会いに来た冬子の姿を思い浮かべると少し複雑な気分だ。どんなふうにかは解らないけど、傷付いてはいるだろう。恋愛がいかに身勝手な自分を正当化しながら進行するものかを知らないようだったから。相手を思うふりして、皆、自分の都合で動いてる。本当に相手の都合を第一に考えられるようになった時、その恋は、いつのまにか形を変えていたりする。退化する。あるいは、進化する。

私にも都合があるとは考えないの？　私が、そう尋ねた時、一浩は真底不思議そうな表情を浮かべた程の馬鹿。私は、その瞬間、一番最初に冬子とのことを告白した時の一浩と同じ立場になっていると思った。ののしられて当然と私に思わせた彼。私は、言った。

「カズ、ごめん。私、好きな人、いる」

その瞬間、頰に衝撃を感じて、私はたじろいだ。私に飛んで来たのは、クッションではなく一浩の平手だったのだ。

X

成生は、その時を待ちかまえていたかのように、自分の友人たちを私に紹介し始めた。誰もが、年若い大人だった。彼らは、さりげなく友人の年上の恋人に気を使い、話題を慎重に選んでいるようだったが、私が、あまりに屈託なく振舞うのを見て、やがて親しみを込めて邪険に扱い始めた。この感覚をどこかで味わったことがある、と私は思った。それは、小学校時代、一度だけある転校生になった経験と似ていた。よそ者である転校生を受け入れる儀式。私は、二十五年後に、ようやくその意味を理解した。あの子供たちは、私と親しくなる機会をうかがっていたのだ。そして、今、私はそれを彼らに容易に与えることが出来る。彼らが、私を、よそ者と思い込んでいた要素である、年の差を駆使して。

成生は、あっという間に、自分の友人たちに馴染んだ私を見て嬉しそうに笑っていた。私は、そんな彼の姿を目の当たりにして幸せな気分に包まれた。実は、細心の注意を払って話題を選んでいたのは私の方だったが、そんなことはどうでも良かった。私が我を忘れて夢中で話し込んでしまう事柄、たとえば、小説やその行く末などについて語ることなど、その場で、どのような意味があるというのだろう。私は、観念などという言葉を必要としない人たちの間で、ただ楽しかった。

私も成生を、今日子を始めとする数人の友人たちに引き合わせた。最初は緊張していた彼も、私が彼の友人たちの間でそうなったように、すぐに慣れた。私の場合と違っていたのは、彼を取り囲む人々が、最初から彼をどう扱うべきかに関して熟知していたことだ。誰もが、もうとうに、彼の年齢を通り越していた。彼らは、ただ自分たちがその年だった時に扱われたかったように成生に接すれば良かったのだ。

「いい子ね」

今日子が感心したように言った。私は、当り前じゃないかというように得意気に返した。

「だって、私の男の子だもん」

「あの子は稀少価値だよ」

「でしょ？」

「でも、恋向き」

私は、今日子の顔を訝し気に見た。誰でも、自分との恋に向いている人間とつき合い始めるんじゃないのか。私だって成生にとっては恋に向いてる女の筈だ。

「賞味期限あると思うよ。彼自身に、じゃないよ。私が言ってるのは、二人の関係にってこと」

「そんなの、どんな恋にだってあるじゃん。今日子が、そんなこと言い出すなんて思わなかったよ」

「あんたが、たったひとりならね。楽しみ尽くしてって応援すると思うよ。でもさ、私、森下のこと好きなんだよ。森下とあんたの組み合わせが、今までで一番好きなの」

そんなこと言われても。私が、家を出て来た時の一浩の様子を思い出すと、今でも言葉を失う。私に思わず手を上げてしまった時のあの呆然とした表情。自分が何をしてしまったのか信じられないというように愕然《がくぜん》としていた。私だって信じられなかった。彼は、こんな形で度を失う人ではなかった筈だ。

「こんなのって、フェアじゃないよ」

ぶたれた頬を押さえたまま、私は言った。一浩は、再びソファに腰を降ろし、前かがみになって両手で自分の顔を覆った。

「フェアって何なんだよ。おれが女を作ったから、おまえも男を作って良いって、そういうことなのか」

「そうじゃないよ。そんな仕返しみたいに恋が出来るんなら誰も苦労しないよ。ただ、カズに起きることは、私にだって起きるんだって、どうして思わなかったの？　私、あんたと冬ちゃんのこと知った時、ものすごく傷付いたよ。でも、二人を憎まないでいられたのは、その後、私も男の人を好きになったからだよ。こういう気持のためにしてしまうことは、誰にもどうにも出来ないって解ったからだよ」

一浩が沈黙したままなので、私は、どうして良いのか解らずに、彼の隣に腰を降ろした。彼の手は、今、顎の下にある。何かについて思案する時の彼の癖だ。いつも、そうする。知り合って一番最初に私をベッドに誘う前にもそうしていたっけ。何を考えているのかなあと、私は思ったものだ。その直後に言われた。今夜は、どこかに泊まっちゃおうよ。私は、笑った。女を押し倒す前に考える男に出会ったのは初めてだった。その彼が、考える前に感情を剝《む》き出しにしてしまうなんて。

「なんか意外。カズが、こんなに怒るなんて思わなかった」

「そんな資格ないよな。格好悪いったらありゃしない。でも、コントロール不可能。自分でも驚いてる。仕事のことやなんかでナツに腹立てたこと、今までに何度もあるけど、それと全然種類の違うとこで頭に来てる。もしかしたら、ナツによりも自分に怒ってるのかもしれないな。おれ、ナツのこと、何でも解ってるって思ってた。レントゲン写真を見る時みたいに、悪いとこも良いとこも当てて見せる自信があった。馬鹿だな。主治医にでもなったつもりだったのかな」

「お互いに主治医になりそこねたね、私たち」

一浩は、私を見詰めた。思惑など、すべて捨てたかのように濡れた瞳。好きだ、と思った。私について一番詳しい他人。それでも、彼は、私のすべてを知ることは出来ない。

「で、ナツは、これからどうしたいの？」

「カズが冬ちゃんとのこと打ち明けた時に言ったよね。彼女を好きだけど、私と別れるつもりもないって。あの時、私、本当に怒った。でも、今、私もそういう気持。彼が好き。でも、それがカズと別れる理由にはならない」

「ずるいな、おれたちって」

その通りだ。私たち、互いのずるさを認め合ってしまっている。他の人たちには、誠実であるかのように取り繕っているというのに。私は、彼に嘘をつけない。たぶん、彼も私に対してそうだろう。嘘も方便なんていう大人の所作など、私たちは永遠に身に付けることが出来ないだろう。

「好きな人がいるってフレーズ、結構きついな。寝てる男がいるって言われた方が、ずっと楽だったかも」

「どうして？」

「だって、おれ、自分がナツの一番好きな人でいたいもん。冬子と一緒にいた時も、ナツは、おれの一番好きな人だったよ」

その気持、良く解る。私だって、成生が一番好きな人、とは言えないのだ。ただ引き付けられている。好きか嫌いかという感覚以前に、彼にとらわれている。彼に会いに行かなくては、と思う。まるで発情期のようだとすら感じている。でも、そこで求めているのは、体だけではないのだ。自分を隙間なく埋め尽くす、まさに情のような代物。一浩との長い生活の中で、ひとつひとつ置き忘れて来たものを、私は、別の男を使って元に戻そうとしている。愛だなんて呼べない。こんな自分勝手な欲望。けれど、私が求めているのは、まさに、愛など入り込む余地すらないいとおしさの塊なのである。

「私、しばらくの間、ここ出る」

「しばらくって、どのくらい？」

「解らない。今、私、自分の気持をどうにも出来ない。ね、カズもそうだったの？　こんな気持で彼女のとこに行ったの？」

一浩は、私の肩に腕を回し、その手で、私の頰に触れた。私は、耳と肩で彼の手をはさんだ。大きな手。私は、彼に落ち着かされている。

「教えてよ。私の主治医になりたいんでしょ？」

自分が彼に甘えている、と思った。こんな時に、ようやく私は一浩への甘え方を思い出している。

「二人の女の生活の空気、同時に味わうの、はっきり言って、しんどかった。冬子の方を取ったのは、新鮮だったから、それに尽きると思う。それなのに、ナツの様子が気になって、何度も戻って来ちゃった。なんでだろな。あの時、会いたい優先順位は彼女が一番だったけど、失いたくない優先順位は、いつもナツだった」

「彼女と結婚したいと思ったことは？」

一浩は、しばらくの間、考えていた。やっぱり、指を顎の下に置いている。

「なかったね。そのことで、彼女は、いつも苛立っていたけど、おれはその話題を避けていた」

「何故？」

彼は、私の頭を自分の許に引き寄せた。私と目を合わせたくないみたいだ。変な人。今頃になって照れている。

「だって、あらゆる面で、おれのこと手玉に取れる女なんてナツしかいないじゃないか」

泣けて来た。が、こらえた。彼の前で女の武器は使わないのだ。

「戻って来るって約束してくれないか」

「どうせ彼とは駄目になるって思ってるのね」

「当り」

「意地でも彼とは続かせる」

「何だ、その言い草。おまえ、おれの女房だろ？　そのくそ生意気な態度じゃ、すぐに、その男にもふられるね」

怒ったような口調とは裏腹に、彼は悲し気に笑った。私にだって、戻る家はここしかない。レントゲン写真 **X-ray** はここにある。主治医志願だってここにいる。けれども、今、私のためにだけ処方された薬は、決して、ここにはないのだ。

y

永山翔平が、一浩の担当した本の中の一篇の作品で大きな文学賞を受賞したのは、本格的に夏を迎えようとする頃だった。デビューしたばかりの新人としては異例のことだ。候補になった段階では、そのことを気にもかけていない様子だった永山も、電話で私に結果を報告する声は、やはり、嬉し気だった。授賞式には絶対に来て下さい、と告げて、慌ただしく、彼は、電話を切った。そのため、一浩が、その瞬間、どのように、彼と喜びを共にしたのかを尋ねることは出来なかった。一浩のことだ。当然だ、というように満足した表情で頷いたのではないだろうか。あいつは、そういう奴だ。仕事の場では、いつも格好をつけたがる。そして、それが、成功しているから、憎たらしくもあり、少しばかり誇らしくもあるのだ。でも、やはり、ものすごく嬉しいだろうな。はたからイメージされるより、ずい分と地味な仕事だもの。たまには、派手なオケイジョンに甘んじるのも楽しい。

私は、何度か、一浩の携帯電話に連絡を取ろうとしたが、止めた。どうせ、授賞式で会えるのだ。お祝いの言葉は、やはり、直接伝えたい。

成生は、永山の受賞を新聞を読んで知っていた。もちろん、一浩や私がその作家に深く関っているのも知っている。まるで、知り合いが受賞したみたいな変な気分だ、と言って私を笑わせた。

ここのところ、ほとんどの夜を成生と共に過ごしている。彼は、通って来るだけでは解らなかった私の生活習慣を徐々に知って行き、最初はとまどっているようだった。夜と昼が逆転する場合もあるということ。仕事をかねた夕食で週日のほとんどは埋まり、彼の手料理を一緒に楽しむのは週末に限られてしまうこと。時には、男性の作家と取材のための旅行に出ること。部屋に持ち帰った本が、読書の楽しみのためばかりの物ではないこと。そういう習慣を持った女と彼がそれまでつき合ったことがないのは明らかだった。前よりも、会って一緒に過ごす時間が短くなったような気がする。彼は、時折、そんなふうに不平を言った。だって、結局、誰もいない部屋に帰って来なくてはならないんだもんなあ。そんなふうに呟く彼にとって、私が彼の部屋を訪れるのは、もう不意打ちではなくなっていた。来るべき筈の者を待ち望んで、彼は、いつも、じれていた。会っている時の喜びよりも、会わずにいる時の不安の方が大きくなっているようだった。そして、それは、私も同じだった。何時には、あなたの部屋に行けそうだ、と伝えておきながら、その時間ぎりぎりに不手際が発覚して仕事の終わりがのびる時、私は、重大な約束を反古《ほご》にしたようないたたまれない気分に陥った。彼は、確実にあの部屋で私を待っていて、自分も数時間後にはそこにいるのが解っているというのに。私たちは、集中力の持って行き場がどこなのか解らなくなり始めていた。こんなにも、求め合っているというのに。ようやく求め合える時間が与えられた時には、二人共、途方に暮れてしまうのだった。そんな互いの姿が目に慣れると労り合う。その時になって、ようやく相手への感謝の思いが湧いて来る。側にいてくれて、ありがと。二人の間に期待しかなかった頃に比べると、それが次第に抜けて行くのと同時に、思いやりは増して行く。けれど、思いやりは、ほんの少し自分を殺すこと。私は、成生の腕の中で思う。この男の子に守ってもらいたい。何から？　私の体を抱き締める腕の外に広がる自分自身の世界からだ。

授賞式の会場で、永山翔平は自分を取り囲む人々の中で頰を紅潮させていた。明らかに緊張している。ぼく、意気地なしですから、という彼の言葉を思い出して、私はおかしくなった。彼の背後には、まるでボディガードのような面持ちで、一浩が立っていた。私のあげたタイをしている。よしよし、などと思っていたら、彼が、私に気付いて永山に耳打ちをした。永山は、私に手を振り、こちらに歩いて来ようとするが、人垣がそれを許さない。一浩だけが、私に近付いて来た。

「受賞第一作が書き下しって訳には行かないだろ。のびたな」

久し振りの挨拶もなく開口一番にこうだ。本当に嫌味な男。

「時間かけてゆっくりやってくから大丈夫よ。それより、おめでとう。嬉しいでしょ」

「まあね。でも、お祭りは今日までだからって、あいつには言い聞かせてあるから」

「あいつ、だなんて。永山先生とか呼ばれちゃうんじゃないの？　これから」

「よせよ。あいつは、そんな呼ばれ方が似合わない小説家になるように、おれが仕向ける」

「ふん。お言葉ですけど、次は私よ。あんたの出番なんか当分、ない」

ふざけた調子で、一浩は、私を突き飛ばした。そして、よろけた私を、今度は笑いながら支えた。

「彼氏とはどう？　上手く行ってんの？」

「行ってるよ」

「そうか。それは残念だ。でも、良かった」

本当にそう思ってるの？　私は、問いかけるように、彼を見上げた。彼は、私の視線にぶつかると照れ臭そうに上を向いた。

「えー、その辺の男に不幸にされたりすると、困るじゃない、やっぱり。可愛い娘には旅をさせろとは言うものの、手塩にかけた娘が傷ものにされたりしては、私としては立場ない訳です」

「……一浩」私は呆れたように彼の言葉を遮った。

「はい、何でしょう」

「あんたって、ほんと、すげえ馬鹿」

「おれも、そう思う」

彼は離れたところにいる知り合いの編集者に会釈しながら言った。この人、本当に殊勝な気持の時は、いつも上の空の振りをする。

「普段は気付かないのに、時々ふと、ナツは、今、このうちにいないんだなあって思ってめちゃめちゃ寂しい気分になるよ。気付いた時にいてくれるって、おれがナツに課したい唯一の妻としてのおつとめ」

まるで、他には何も出来ない悪妻みたいじゃないか。ま、その通りかもしれないけれど。でも、一浩の今の言葉を聞いて解ったことがひとつある。私の足をこの会場に運ばせたのは、永山を祝う気持はもちろんだが、それ以上に、ここには一浩が当然いるという事実。私が夢中になっている空間には、彼も同じように夢中になっていて、同じ空気を吸っているだろうという確信。気付かなくても、彼は、いつも、そこにいる。私は、ここに来る前、心から彼を懐しく思いyearn取り巻く熱気に焦がれていたのだった。本来、夫とは愛すべき味方であるべきなのだろう。でも、私には、それだけではつまらない。彼は、愛すべき敵にもなれる人。そして、私にとって、そうなれるのは、一浩、たぶん、あなただけだよ。

「澤野さんたら、ちっとも、ぼくんとこに来てくれないんですから。逃げ出すタイミングねらってたのに」

永山が汗を拭いながら、私たちのところにやって来た。ジャケットのポケットが名刺で膨れ上がっている。

「ごめんなさい。でも、滅多にあることじゃないんだから我慢しなさいよ。それより、本当におめでとう。森下の作った本が、私の担当する書き下しにハクを付けてくれるなんて喜ばしいことだわ」

永山は、私と一浩の顔を交互に見て言った。

「ほんっと、お二人共、変わんないですよね。変な夫婦ですね。あ、それとも、元夫婦と言った方が良いのかなあ」

一浩が、手を上げる振りをすると、永山は、笑いながらそれを避ける格好をして、再び人混みの中に戻って行った。

「話したの？」

「いや。勘だろ？　誰にも話してないよ。何の結果も出てないのにさ。それより、受賞作が、おたくの書き下しのハク付けになると思うのは勝手だけど、その書き下しで、うちの本の価値を下げたりしないでくれよな」

ああ言えば、こう言う。なんてはねっ返りな男なんだ。生意気にも、ほどがある。こういう時は、さっさと帰って、成生に優しく慰めてもらうに限る。などと思っていたら、時田さんと小池が、私の許に来て、これから一杯つき合えと言う。

「あ、でも、彼、待ってるかもしれないんで」

私の言葉に二人は呆れた表情を浮かべて顔を見合わせた。私は、自分で言った言葉に強烈な恥しさを覚えた。一浩は、肩をすくめて、じゃ、また、と言い残して永山のところに戻って行った。時田さんが、彼の後ろ姿を目で追いながら言った。

「夏ちゃん、成生くんは、あなたの生活スタイルを変えさせようとしているの？」

「いえ、別に、彼がそうしろって言った訳ではありませんけど」

「じゃ、あなたが彼を思いやって、そうしようとしてる訳ね」

「そうしたいって、私が望んでるんです」

そう答えながら思った。ほんと？　本当にそうなの？　作家の才能を祝福する熱。そのお披露目に漂う高揚。それらを味わい尽くすために、ひとつの夜を使い切ってもかまわない。そんなふうに感じているのではなかったの？

Z

「いい加減、彼のアパートに移るんなら移る、自分で部屋を借りるなら借りるとかしたらどう？　私のうちを荷物置き場に使うのはかまわないけど、このままって良くないと思うな」

今日子の言葉を思い出しながら、私は、成生の部屋に向かうために電車に乗っている。私だって解ってはいるのだ。でも、どうしても落ち着き場所を選択出来ない。私には、今、寝る場所が三つある。今日子の部屋。成生の部屋。そして、私の部屋（一浩付き）。ここのところほとんど成生と一緒に暮らしているようなものの、私には、どうしても、彼とこの先、生活して行くであろう自分を想像出来ない。

この間、成生の部屋に付いている小さなベランダで花火をした。もちろん、近所迷惑にならない程度のささやかなものであったけれども、花火を手にしたなんて子供の頃以来だったものだから、私は、はしゃいだ。二人で、どちらが線香花火を長持ちさせられるかを競い合った。

「線香花火のこのたまって、なんか、うまそう」

彼は、そう言って自分のそれを私の前に掲げて見せた。私は、つき合い始めの頃に、月を一緒に食べようと電話で彼が提案したことを思い出した。あれから、ずい分と長い時間が流れたような気がする。息を飲む程に新鮮であった彼の言葉の数々は、もう私の耳に慣れている。彼も、また同じように感じているのだろう。最初の頃、興味深い様子で耳を傾けていた私の仕事に関するエピソードは、もはや、彼の好奇心をあおるものではなくなっていた。それでも、私は、その日あった出来事について会うたびに話し続けていた。彼は、律儀に相槌は打っていたものの、もう私を質問攻めにするようなことはなかった。私は話し続けながら、自分の仕事がつまらないもののように思えて来て、一所懸命、愉快な出来事を捜し出し、それを、少しの創作を交えて、おもしろおかしく語った。すると、ますます、する価値もない仕事に身をやつしているような気分になって来るのだった。こんな自分、好きじゃない。私は、そう思った。自己完結した世界の中だけで自分を好きでいられる程、私は強くないのだ。私は、いつも他人の手を必要としている。それも、一番、近いところにいる他人の手を。ぼくの好きなきみ。私は、自分がそれに値する者であるのを、いつも感じていたいのだ。

花火の残りもなくなり、私たちは暗闇の中に取り残された。ベランダに腰を降ろし、私たちは月を見た。かつては、あれ程、おいしそうだった月。

「前、おれ、ものすごく夏美のことひとり占めしたいと思ってた。だんなさんとこ出て来た時、ようやく夢がかなったって思って、すげえ、死ぬ程、嬉しかった。今でも、ひとり占めしたいと思ってる。でも、前の方がひとり占めの割合、大きかったんだって、今なら解る。おれは、永久に夏美をひとり占めすることなんて出来ない」

成生は、そう言って、立てた膝に顔を伏せた。私は、彼の髪を指で梳いた。そうされると、彼の気持が落ち着くのを私は知っていた。

「私だって、成生のこと、ひとり占めしたいよ。でも、別な成生が、私の成生を奪って行く」

「おれたち、ずっと、お互いに関して、ものすごく知りたがりだったのに」

「そうだね」

「別れるべきだと思う？」

私は、それまで決して使われなかった言葉が、彼の口から出たことに動転していない自分を不思議に思った。漠然と私が考えていたのと同じことを彼も感じていたのだ。もう、お互いを無邪気におもしろがれない。そして、本来なら、そこから始めて行くべき関係を醸造するには、共有するものがなさすぎる。

「年の差なんて関係なかった。夏美が結婚してるのだって問題じゃなかった。仕事の世界が、まるで違うってのがまた良かった。世の中で言われるような原因なんて、全然関係のないところで、おれたち駄目になって来ちゃってると思わない？」

私は頷いた。

「おれ、自分自身がやだよ。夏美とは、ずっと続くって信じてたのに、自分で自分を裏切ってる。いて欲しい時に、いてくれない女とはつき合えないって思うなんて、やっぱ、ただのがきじゃん」

そんなこと、ない。誰もが、きっと、そう。すべての男と女の物語は、いて欲しい時に、いてくれない、そのことから始まるように、私には思える。いて欲しい時に側にいてやれる。いて欲しい時に側にいてくれる。そんなシンプルなことが、何故、かなわない夢に終わってしまうのだろう。

「それでも、おれ、まだ夏美のこと、大好き」

「私も、まだ、成生のこと大好きだよ」

そう言いながら、私たちは安心したように手を握り合った。まだ、が、もう、に変わるまで待つつもり？　私たちは、明らかに残された時間をいつくしんでいた。この気持を続かせて行けば良いんだ。私は、楽観的な気分でそう思った。けれど、限られているからこそ、美味。味わう余裕を手にした時に、それが、もう皿の上から消えかけているとは、なんて皮肉なことだろう。

「夏美に、結局、指輪買ってやんなかったな」

「いいよ、別に」

「ラッキー！　おれ、金ないから、どうせ高いの買ってやれないし」

「あのワインの指輪、最高の贈り物だったよ」

成生は、私の手を取り、自分の目の前に持って行った。暗闇に慣れた目に、白い指が浮かび上がった。

「どうせ指輪しない女だもん。消えちゃうやつで十分」

「あ、そういう言い方って、ないと思う。銀のごついやつとか好きだよ」

「そうじゃなくて」成生は、私の薬指に口づけた。

「約束のための指輪。夏美は、指輪で予約されるようなタマじゃない」

私は、怒ったふりをして、乱暴に彼の手を振りほどこうとした。その瞬間、彼は、強く握り締めた私の手を自分の許に引き寄せた。胸の中に倒れ込み、抱き締められてもがく私に、彼は言った。

「おれたち、本当に別れるの？」

まさか、と、今なら言えるような気がする。それなのに、言葉が口をついて出て来ない。体に回された腕の力。強過ぎる。呼吸を無理矢理止めようとするような息づかいで、彼が何をこらえているのかが解る。私だって同じ。同じ気持なんだよ。それなのに伝えられない。饒舌《じょうぜつ》な言葉の洪水の中で仕事をしている私なのに、と今思う。そんなものちっとも役に立たなかったじゃないか。

ぼんやりと、あの花火の夜を思い出していた私に、電車を降りようとした酔った乗客がぶつかった。週末の遅い時間の電車は混んでいる。成生は、もう寝ているだろうか。休みの前だもの。きっと、気に入りのビデオ映画を観ながら、ウィスキーでも舐めているのに違いない。私は、深夜営業のスーパーマーケットに寄って、夜食の材料を調達しようと思った。久し振りに、彼の作ったスープが食べたくて仕方なかった。

大きな紙袋を抱えて、私は、成生の部屋のドアベルを押した。何の応答もなかった。灯りは外まで洩れているというのに。私は、鍵を隠し場所から取り出した。合鍵をもらってはいたものの、持ち歩く気がなかったのだ。

部屋の中に成生はいなかった。料理を作りかけて慌てて出て行ったらしく、台所のまな板の上に刻みかけた野菜が載っていた。私は、首を傾げながら、床に荷物を置き、その拍子に、ベッドの上に置かれた書き置きを見つけた。

——夏美へ、

ばあちゃんが死にました。しばらく実家に戻ります。

成生

私は、その紙を手にしたまま、ベッドの上に腰を降ろし、しばらく呆然としていた。いて欲しい時にいてくれない女。私は、この時程、自分を馬鹿な奴だと思ったことはない。私は、自分の祖母をいかに愛しているかを語っていた成生の様子を思い出した。ちょっと恥しいんだけどさ。彼は、そう前置きをした筈だ。ちっとも、恥しいことなんかじゃない。私は、そう言って、祖母と過ごした夏休みの思い出話を微笑ましい気持で聞いたものだ。涙が出て来た。けれど、これ程、役に立たない涙もなかった。

私を待ちながら飲んだのか、知らせを聞いた後、気を落ち着けるために飲んだのか、底にウィスキーを残したグラスが床に置かれていた。いつか、私が彼に贈ったものだ。同じ分量の夜と昼。エキノックス。私たち。彼の夜を包むことから始めた筈であったのに。

私は、長いこと、そのグラスを見詰めながら、成生と自分の間に生まれたあらゆる事柄を思い出していた。さまざまな言葉や絵が、浮かんでは消えた。人は、死に際に、生まれた時からその瞬間までのすべての映像を脳裏に映すというけれど、恋の終わり際にもそうなのかしら。

私は、溜息をついて立ち上がった。とりあえず、今の私に出来るのは、グラスを洗い、台所を片付けることだ。成生が戻って来た時、気分が良いように。私は、彼の飲みかけのグラスを手にして、台所に歩いた。水道の蛇口をひねろうとすると、まな板の上の野菜の色彩に目を奪われた。その瞬間、手の力が抜けて、グラスは滑り落ち、シンクの中で粉々に砕けた。クリスタル特有の澄んだ音が私の鼓膜を震わせた。綺麗な音。でも、グラス、ひとつだけになっちゃった。私は、そのことを残念に思いながら破片をつまみ上げた。そうしながら、何故か、昔観た映画の、ある場面を思い出し、苦い笑いを噛み締めた。確か、ボブ・フォッシーの映画だった。最後に大写しにされた死体運搬用の袋。印象的な音と共に、映画は終わる。それは、ボディバッグを閉じる音。**Zip!**

たった二十六文字で、関係のすべてを描ける言語のことを思い、気を楽にしたことがかつてあった。けれど、今、そのことにあまり意味はないように感じる。二十六でも、二百六十でも、二千六百でも、関係を描くことの出来る正確な言葉は、ひとつあるだけかもしれない。あるいは、ひとつもないのかもしれない。世界じゅうの言葉を組み合わせても、描き切れないのが、そもそも人と人との関係なのかもしれない。そんなふうに、あらかじめ諦めたところから扱うことを始める時、言葉は、飴が溶け出すように舌に馴染んで行くような気がするのだ。

成生に最後に会ったのは、彼の働く郵便局のカウンターだった。列に並ぶ私の姿を見つけて、彼は、懐しそうに笑った。番が来て、私が速達の封筒を差し出した時、彼は、感慨深そうに私を見て、元気か、と尋ねた。元気だよ、と答える私に頷いて、封筒を手に取った。紙を扱う彼の指を見て、やっぱり好きだ、と思った。彼は、宛名の箇所に自分の名前があるのを見てももう驚いたりはせずに言った。

「速達ですね」

あまりにあっさりした態度をつまらないと感じて、私は付け加えた。

「サンキューレターだよ」

「オッケ」

彼は微笑を浮かべたものの、もう顔を上げて、私を見ることはなかった。私は、外に出て、大きく息を吸った。会社の前の郵便局には、かつてお気に入りだった男の子が働いている。その事実は、今でも私を嬉しくさせる。

今日子に散々嫌味を言われながら、荷物を抱えて、私は自分の家に戻った。タクシーの中で、私は、一浩が、まだ帰宅していないことを願った。どういう顔をして彼に会ったら良いのかが、さっぱり解らなかった。

恐る恐る玄関を開けると、居間の明かりが点《つ》いていた。私は、足音を立てないように廊下を歩こうとしたが、突然、馬鹿馬鹿しくなって止めた。えーい、ここは、私の家なんだ、と開き直って、居間に入って行った。台所から続く片隅に置かれたダイニングテーブルに原稿のゲラ刷りを広げた一浩がいて、ちらりと私を見た。

「何だ。忘れ物か」

これが忘れ物を取りに来たように見えるか、おい。私は、荷物をソファの上に投げるように置いて、自分は、その隣に腰を降ろした。部屋は片付いていた。自分がいてもいなくても、ここは変わらないんだ、とふと思った。

「飯、食ったのか」

「まだ」

「そうか」

「そうかって……何か食べさせてくれるんじゃないの？」

「ただ聞いてみただけ」

感じの悪い奴。そう思いながらも、一浩のその物言いに、私は、すっかり気を楽にする。そう言えば、私、ここのところ、感じ良くすることばかりに、心を砕いてた。

一浩は、私のことなど眼中にないかのように、ゲラ刷りに集中している。

「それ誰のゲラ？」

「永山の書き下し」

「嘘!?」

「嘘に決まってんだろ、ばーか。永山、電話してくれって言ってたぞ。あ、それから言い忘れてた」

私は、次の言葉を待ったが、彼は、テーブルの上のゲラ刷りから、なかなか顔を上げようとはしなかった。

「何を忘れてたって？」

「おかえんなさい」

そう言うと再び彼はゲラ刷りをめくり始めた。その時、私は、ひどい近視の彼が必需品の眼鏡をかけていないことに気付いた。眼鏡ケースは側にあるのに。そう思った途端、いても立ってもいられずに立ち上がった。私には、彼が目の前の小説よりも気にかけているのが何だか解る。強烈な欲望を感じた。話したい。話し尽くしたい。聞いてもらいたい。そして、あなたのこと聞かせて欲しい。私は、彼の許に歩いた。恋の死について語り合うのは、大人になろうとしてなり切れない者たちの、世にもやるせない醍醐味だ。

初出　「小説現代」一九九九年十一月号

山田詠美
1959年、東京生まれ。明治大学中退。85年「ベッドタイムアイズ」で文藝賞を受賞しデビュー。87年『ソウル・ミュージック・ラバーズ・オンリー』で直木賞を受賞。ほかに人気シリーズ「熱血ポンちゃん」、『トラッシュ』『アニマル・ロジック』『4U（ヨンユー）』など。最近作は短篇小説集『マグネット』、エッセイ集『エイミー・セッズ』『エイミー・ショウズ』がある。

A2Z《エイトウズイ》

二〇〇〇年一月一一日　第一刷発行
著　者——山田《やまだ》詠美《えいみ》

発行者——野間佐和子
発行所——株式会社講談社
東京都文京区音羽二—一二—二一
郵便番号一一二—八〇〇一
電話——出版部　〇三—五三九五—三五〇四
販売部　〇三—五三九五—三六二二
製作部　〇三—五三九五—三六一五
印刷所——大日本印刷株式会社
製本所——黒柳製本株式会社
定価はカバーに表示してあります。

ISBN4-06-209952-7（文1）